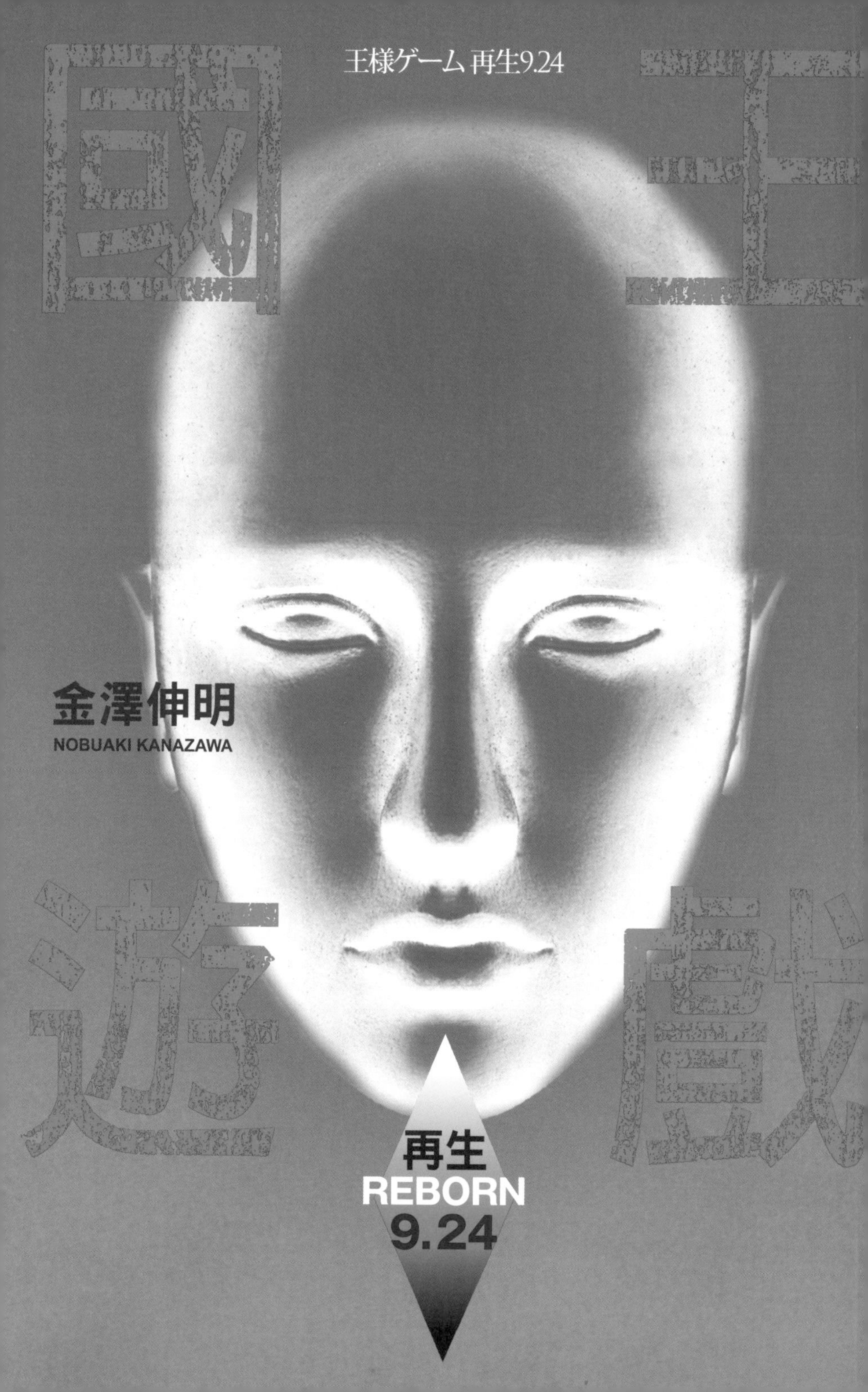
王様ゲーム 再生9.24
國王
遊戲
金澤伸明
NOBUAKI KANAZAWA
再生
REBORN
9.24

國王遊戲〈再生9.24〉

國王遊戲 再生9.24 ◆目次◆

第1章

命令5

9/24 [FRI] AM 02:51

【9月24日（星期五）凌晨2點51分】

【9／24星期五02：51　寄件者：國王　主旨：國王遊戲　本文：這是所有居住在北海道的人所進行的國王遊戲。國王的命令絕對要在24小時內達成。※不允許中途棄權。※命令5：有戀人的人，要殺死對方。　END】

「這……這是什麼命令？」

雅人咕嚕地嚥下口水，反覆檢視著手機畫面。

「殺……殺死對方？」

雅人像一具缺乏潤滑油的機械，動作僵硬地轉過頭。在他視線的前方，是瞪著智慧型手機螢幕發楞的美咲。

「雅……雅人。我們……」

「美咲……」

雅人從喉嚨發出的聲音變得沙啞。

——香鈴那傢伙，這次打算讓男女朋友互相殘殺嗎？發出這道命令，情侶們不就無法一起活下去了嗎！

雅人感覺彷彿有無數隻小蟲，在背上颯颯颯地亂爬一樣。

和彥皺著一對濃眉，往雅人這邊跑過來。

「喂、喂！雅人，這下怎麼辦？你和美咲不是男女朋友嗎？」

「是啊，我們是男女朋友，雖然交往還不到兩個星期……」

「那麼，你們也是這次命令的對象了？你和美咲都……」

「就是這樣了。」

「就是這樣……？你……」

「我明白。」

雅人站在美咲面前，握住她的手。

「美咲，妳放心。」

「放心……？」

美咲的眉毛動了一下。

「你說這話是什麼意思？」

「只要抓到香鈴，應該就能解除國王遊戲的命令。我想政府一定也在積極研擬各種解決方法。不過，萬一發生最糟糕的情況，妳就殺了我吧。」

「殺……殺了你？」

「是的，這樣的話，妳就不會死了。」

雅人點點頭說。

「總之，妳絕對不會死的。」

「別開玩笑了！要被殺死的人是我才對，你應該要殺我。」

美咲揮開雅人的手，瞪著他說。

「嗄？我怎麼可能做這種事！我為什麼要殺妳呢？」

「我也不可能殺你啊。只是，如果真的必須死，那就我死吧。想也知道這樣比較好。」

「喂！誰說妳死比較好？這種時候應該是男生死才對，怎麼能讓女生死呢。」

「不。你是『絆之樹』志工隊隊長，為了凝聚大家的力量，你必須活下來。」

「這跟志工隊沒關係吧！」

雅人緊緊地擁抱著美咲。

「我何嘗不想救更多人，可是我心裡最想救的人是妳，我的女朋友。那是男人的義務不是嗎？」

「男人的義務？這種事情跟性別無關。重點是，誰活下來最有幫助。由你活下來才是對的！」

「不要胡說了，妳活下來才是對的！」

「等等、等等！」

看到他們兩人僵持不下，和彥忍不住插嘴。

「現在吵這些根本沒有意義。」

「可是，美咲盡是說些沒大腦的話！我怎麼可能動手殺她呢！」

「你不也一樣嗎，雅人！」

和彥莫可奈何地看著雅人和美咲。

「你們兩個人都說同樣的話，都是要對方殺死自己。」

「唔……因為……」

和彥伸出食指，在啞口無言的雅人胸前頂了一下。

「總之，一定要保持冷靜。時間還很充裕。美咲也是，不要一副凶巴巴的樣子。」

「好、好啦。」

美咲把手貼在自己的左胸上，重複做了幾次深呼吸。看到她這樣，雅人也跟著調整呼吸。

「我知道了。和彥說得沒有錯，這時候我和美咲爭吵也無濟於事。」

「跟傻瓜在鬥嘴一樣。」

和彥聳聳肩，搖頭說道。

「你們兩個啊，真是天生一對。」

「是嗎？」

「是啊。所以你們誰也別只想著死。因為，不管是誰死了，我都會很傷心。」

「和彥……」

「當務之急，就是盡快把有關香鈴的情報通知警方。」

「也只有這個辦法了……」

雅人咕嚕地嚥下口水。

時間一分一秒地過去，如果不能在時限之前解除命令，雅人和美咲就要受罰。雖然不知道懲罰的方式是什麼，不過可以肯定死亡的可能性很高。

——警察也在拼命地四處尋找香鈴吧？只要命令解除的話，我和美咲就不用死了。可是，萬一發生最糟的情況時，一定要讓美咲殺了我，無論如何都要讓美咲活下去。

雅人緊緊閉著嘴唇。

【9月24日（星期五）清晨6點23分】

雅人一行人默默地走在天亮的市區裡。馬路上停滿了車子，車內可以看到一具具血肉模糊的屍體，無數隻蒼蠅在發黑的皮膚上四處移動。

飄散在空氣中的屍臭味讓雅人不禁皺起眉頭。道路周圍的房子有幾間還冒著黑煙，人行道上也倒了好幾具屍體。

「難道都沒有人活著嗎？」

聽到雅人這麼問，走在他旁邊的和彥回答說：

「可能跑去避難所避難了吧？收音機說，避難所已經開始接受難民。不過，CHILD很有可能會去攻擊那些人群聚集的地方。」

「CHILD？這問題也很讓人頭痛呢……」

「CHILD好像大部分都集中在都市。他們擁有共通的訊息和意識，只要被其中一隻發現，訊息馬上會傳送給所有的CHILD。所以他們應該知道我們正要前往札幌才對。」

「話是沒錯，可是CHILD好像並不在乎我們。或許香鈴發出我們在札幌的訊息，他們也不放在心上吧。」

「的確，我也有這種感覺。比起我們，那些擁有強大武力的自衛隊和警察，對CHILD的威脅更大吧。」

和彥拿起鐵棒往燒焦的車子引擎蓋用力敲下，磅的一聲巨響，引擎蓋應聲凹陷。

「要是有槍的話，就能輕易打敗CHILD了。」

「就算有槍，你也不知道怎麼使用吧。」

「槍的用法沒那麼難，扣下扳機子彈就會飛出去了。只是不知道射得準不準。」

「比起武器，如何分辨是人類還是CHILD比較重要吧。如果對方有觸手就沒有問題，就怕他們偽裝成人類，那樣就很難分辨了。」

雅人的眼睛來回地掃瞄四周。

「最保險的方法就是行動的時候，盡量不要打草驚蛇。」

這時，橫躺在路邊的卡車和箱型車之間，好像有影子在移動。

「美咲、和彥，快把頭低下！有動靜！」

雅人用手勢打暗號，自己也單膝跪地。美咲在他背後問：

「是不是CHILD？」

「還無法確定。你們兩個先躲起來，我去查看一下。」

雅人從袋子裡取出小刀，壓低姿勢慢慢往前移動。他從箱型車引擎蓋的側邊探頭窺視，發現果然有一對穿著學生制服的年輕男女在那裡走動。

少年背著背包，少女的右手拿著一把小菜刀。雅人從背後悄悄靠近，偷聽他們的談話。

「……所以說，不要管那是謊話還是什麼，反正我們沒有別的選擇了。」

「可是只有我們兩個人行動，實在太危險了。」

少年不安地觀察著四周。

「萬一CHILD發動突襲，我們一定會沒命的。」

「可是時間一直過去，遲早也會死不是嗎？我們是男女朋友！阿司，難道你想殺死我嗎？」

「我怎麼可能殺妳呢，廣惠。」

「那就不要抱怨，繼續走。我們是在找兩個人都可以活命的機會耶！」

聽到他們的對話，雅人把小刀收回口袋裡，舉起右手朝那兩人走去。

「喂——！」

瞬間，少女轉身把菜刀對著雅人。

「不准再靠近！」

「等、等一下！我是人類。」

雅人站在原地，緊張地揮動雙手說。

「你們兩個也是人類吧？」

「是的，不過誰知道你是不是？」

少女用銳利的眼神瞪著雅人說。

「CHILD會假冒成人類，然後突然發動攻擊。」

「這點我們也知道。」

「我們？難道還有其他人嗎？」

「是的。就在箱型車後面。」

雅人指著背後的箱型車說。

「我本來也不確定你們是不是人類呢。」

「……怎麼樣？你找我們有事嗎？」

「是的。剛才我偷聽到你們的談話了……是不是有情侶不需要互相殘殺，就能活下去的方法？」

「喔？你會這麼問，就表示你有女朋友囉？」

少女的視線像是用舌頭舔過一樣，從頭到腳仔細地打量雅人。

「瞧你那張臉，不像是有異性緣的長相呢。」

「啊……廣惠。」

站在少女背後的少年用手指著雅人說。

「這個人是宮內雅人，他是地方英雄。」

「嗄？你就是北海道電視台介紹過的那個宮內雅人？」

「是、是的。我就是宮內雅人，不過不是什麼英雄。你們是高中生嗎？」

「嗯，我們跟你一樣，都是『失落的世代』。」

少女把握在手上的菜刀交給身後的少年。

「看樣子，你應該不是CHILD。我叫弓原廣惠，旁邊這個看起來不太可靠的人叫秋葉司。我們勉強算是一對戀人吧。」

「勉強算是……？」

司失望地垂下肩膀。

「這樣講太過分了吧，我們從中學就開始交往到現在耶。」

「別計較那麼多啦。我說勉強算是，表示至少我承認我們是情侶啊。」

「可是……」

司和廣惠彷彿無視於雅人的存在似地鬥起嘴來。

司的個頭比雅人矮小，身材也比較瘦，頭髮捲捲的，一副細皮嫩肉的模樣，就算被當成中學生也沒什麼好奇怪的。廣惠似乎是經常運動，不但個頭高，肌膚也呈現健康的小麥色。從這兩人的對話內容聽起來，平常應該是廣惠掌握主導權。

雅人等不及插嘴說：

「兩位要鬥嘴以後再鬥吧。請先告訴我，剛才你們說的那件事好嗎？」

「啊……對喔。」

廣惠像是突然記起來似的，啪的一聲合起手掌。

「是有一個可以讓男女朋友不互相殘殺，也能活下去的方法。告訴你是沒有關係啦，可是我也不確定那個消息是真是假，因為那是網路的留言。」

「網路的留言？」

「嗯。有人在這個地區的BBS上面留下這樣訊息。」

廣惠從左手拿的袋子裡取出智慧型手機，手指在螢幕滑上幾下之後，拿給雅人看。

【給各位戀人們。有一個戀人不需要互相殘殺，就能活下去的方法。有興趣的話請到××

町××××的倉橋醫院。還有，因為數量有限，所以必須親自到場才行。倉橋浩一郎。】

「這是什麼啊？」

雅人把臉湊近智慧型手機的螢幕。

「又沒有寫詳細的內容，妳怎麼會相信這種留言？」

「就算是這樣，我們還是寧願選擇相信。」

廣惠指著站在她後面的司說。

「別看我們這樣，我跟他是男女朋友呢。」

「啊……我懂了……」

「對於這次的命令，還有人提供其他的解決辦法。」

「咦？還有人提供其他的辦法？」

「嗯。這次的命令是要讓戀人們互相殘殺，所以只要消除情侶關係就行了。」

「啊……」

「可是，我想這個辦法應該沒用。你也了解凱爾德病毒的特性，它們有共通的恐懼感和資訊。就算我們宣稱不是戀人，可是體內的病毒是不會受騙的。」

嘆了一口氣後，廣惠看著自己的身體。

「如果只是抱著玩玩心態的情侶，或許可以用這個辦法，可是我和司並不是那樣。我根本不想和司以外的男生交往。雅人……你應該也是吧？」

「嗯、是啊……我是抱著很認真的態度在交往。」

「既然這樣，那你們要不要一起去倉橋醫院？」

「一起？」

「是啊。依我的觀察，你們應該也是人類，而且團體行動比較安全不是嗎？畢竟外面還有很多CHILD。」

廣惠把手貼在額頭上，警戒地東張西望。

「就算那個情報是假的，還是要去試試看。除非，你想跟你女朋友互相殘殺。」

「我怎麼可能那麼做！與其變成那樣，我寧願……」

雅人的拳頭緊握，不停地顫抖。

「我……」

「你想說，你寧願被女朋友殺死對吧？」

「是的。我死不足惜，只求美咲能活下去。」

「可是，兩個人一起活下去不是更好嗎？」

「話是沒錯，可是……」

「別可是了，一起去吧。就當作是去碰運氣。」

廣惠緊緊握住雅人的手說。

「雖然政府和警察有可能解除這次的命令，可是把希望完全放在他們身上太冒險了。在這種情況下想要活命的話，自己也要想辦法才行！」

「嗯……妳說得對。也許，我們是該去看看。」

雅人的喉頭像波浪般上下起伏。

——廣惠說得沒錯。留言版上的訊息可能是假的，不過還是得去試試！就算希望渺小，也只能孤注一擲了！

【9月24日（星期五）上午8點12分】

雅人他們和廣惠、司一起走在兩旁種滿白樺樹的道路上。沿途除了他們5個人之外，看不到其他的人影，只有偶爾傳來的幾聲鳥鳴。走了好一會兒，終於看到路的左側有一棟4層樓中古屋。走在雅人身邊的廣惠，眼神頓時為之一亮。

「到了！那就是倉橋醫院！」

「就是這裡嗎……」

雅人看著矗立在白樺森林深處的一棟灰色建築。四周有水泥牆包圍，生鏽的鐵門緊閉著。

「拜託，這間醫院靠得住嗎？招牌的字都褪色了。」

望著斑駁褪色的醫院招牌，和彥忍不住發起牢騷。

「那是當然的了。因為倉橋醫院在幾年前就被關閉了。」

「被關閉？為什麼會被關閉？」

「聽說是收受違法的醫藥費。而且這附近有一間更大的醫院，來這裡看病的人本來就不多。」

「像這樣的醫院，有能力破解國王遊戲的命令嗎？」

「你問我，我也不知道啊。」

廣惠冷不防地拍了和彥的背說。

「可是，有戀人的我們只能抓住這一線希望了。還是孤家寡人的你是不會了解的。」

「唔！妳刺痛我的弱點啦！」

「會痛的是有戀人的我們吧。萬一發生最壞的情況，兩個人都會死耶。」

「是啊，妳說得對。從這個角度想的話，我的確是幸運多了……」

「就是說啊，你要感謝神讓你沒有異性緣……」

「妳實在是……」

「別說廢話了，我們快進去吧。留言上寫著數量有限，我們動作得快點才行。」

廣惠匆忙地往醫院跑去，司緊跟在後。

看到他們那個樣子，和彥忍不住嘆氣說。

「那丫頭雖然是女生，行動卻很果決呢。」

「我想廣惠是對的，反正現在也沒別的方法可想了。」

雅人的眼裡倒映著美咲惶惶不安的臉。

「我們也進去吧。」

「嗯，好。」

他緊緊地握著美咲雪白的手。

才剛來到生鏽的鐵門前，醫院裡面就跑出好幾名身強體壯、穿著迷彩服的男子。他們每個人手裡都拿著槍對著雅人這邊。

「喂！站住！」

「等、等等。怎麼會這樣？」

雅人舉起雙手，往前跨出一步。

「我們是看到網路的留言來的，為什麼要拿槍恐嚇我們？」

「這是防範 CHILD 的對策。通常我們把槍亮出來時，CHILD 都會有反應，不是逃跑，就是攻擊……」

「我們怎麼可能是 CHILD 呢！」

「這可難說喔。不過，看到你們的反應這麼激烈，應該是人類沒有錯，CHILD 的話就沒什麼情緒起伏了。」

男子不懷好意第笑著打開生鏽的鐵門。

「對不起。雖然 CHILD 以少數發動進攻的可能性很低，不過我們還是得照老闆的吩咐做才行。」

「老闆？」

「是啊，我們都是倉橋醫院的浩一郎少爺僱來的。」

「浩一郎少爺？難道他就是那個在留言版上留言的人？」

「是啊。他可是難得的好老闆喔，不但有食物、薪水可領，還可以拿槍。」

「那是真槍嗎？」

「至少可以確定有殺傷力。我們已經射殺了好幾個人啦。」

「射殺？你們殺了人嗎？」

看到雅人他們幾個臉色發白，不斷往後退，男子又帶著邪惡的笑容說：

「不要弄錯啦，是對方先發動攻擊的，他們想用強硬的手段搶到藥。」

「藥？那就是讓情侶不必自相殘殺的方法嗎？」

「有關這方面的事，浩一郎少爺自然會跟你們解釋。總之，你們先到一樓的辦公室去……

啊，等一下。」

「喂！你們是5個人，怎麼會這樣？」

男子來回地看著雅人他們。

「啊、我沒有女朋友。」

和彥趕忙揮手解釋。

「當然，我是說今年還沒有。我預定明年一定要交一個可愛的女朋友。」

「既然這樣，你不能進來。按照規定，只有情侶才能夠進入醫院。」

「這是什麼規定。我跟他們一起進去有什麼關係。」

「不行！你必須在門外面等！」

「開什麼玩笑，我是雅人和美咲的朋友，我信不過你們這些來路不明的傢伙！」

「那麼，你想死在這裡嗎？」

男子動作純熟地把槍口對著和彥。

「現在的情況是就算殺人也不會被抓去關，因為沒有人知道是誰殺的。」

「你、你該不會想殺了雅人他們吧？」

「放心，只要不破壞這裡的規矩，就不會被殺。」

「你的話能信嗎！」

「懷疑的話，就請你們全部回去吧。反正，你們受到國王遊戲的懲罰而死，我們又不痛不癢。」

「唔！被踩到痛處了！」

和彥氣得直咬牙，雅人把手放在他的肩膀上。

「不會有事的，和彥。你在這裡等，我們進去就行了。」

「可、可是，這樣沒問題嗎？」

「嗯，如果他們真想殺我們，早就開槍了。」

聽到雅人這麼說，男子放聲笑了。

「哈哈哈，你說得沒錯，看來你還挺聰明的嘛。總之，既然你有女朋友，那就只好參加浩太郎少爺的遊戲囉。」

「遊戲？」

「沒錯，之前來的好幾對情侶，幾乎都死了。」

「死了？這麼危險的遊戲？」

「是啊。處理屍體也是我們的工作，至今已經埋了10個人以上了吧。」

「10個人以上……」

「我們也很想知道，你們能不能活下來呢。」

話一說完，男子的嘴角又往上揚起。

【9月24日（星期五）上午9點5分】

男子打開辦公室的門，映入眼簾的是掛在牆上數十台排列整齊的螢幕。螢幕牆的前面，可以看到一名坐在皮革椅上的男人背影。

大概是聽到門被打開的聲音了吧，坐在椅子上的男人往雅人的方向轉了過來。

「喔！是新的情侶嗎？歡迎歡迎！」

男人大約30來歲，一頭亂髮，身形非常肥胖，從T恤袖口露出的手臂有如病態般白皙。男人用高音頻的聲音打招呼，雙頰的肥肉向上堆起。

「而且一次來了兩對。你們應該還是高中生吧？」

「啊、是的。請問你是浩一郎……先生嗎？」

「嗯嗯。你們也是看到我在留言版上寫的訊息才來的吧。哎呀，真是太好了。因為藥還有剩。」

「是不是只要服用你說的那種藥，情侶就不會受到國王遊戲的懲罰？」

「嗯，理論上是的。」

浩一郎拿起放在木桌上的保特瓶水往嘴裡灌。每喝一口，肥厚的脖子就大幅度地起伏。

「等一下！」

站在雅人旁邊的廣惠用力往桌面捶下。

「理論上？這是什麼意思？我們是相信留言版的訊息特地跑來的耶。」

「別動氣，不要那麼凶嘛。理論上就是理論上啊，我有什麼辦法？因為又沒有實際證明過。」

「既然這樣，為什麼要寫那樣的留言？」

「當然是因為我有自信，只要服用我研發出來的藥，就能破解這次的命令。」

「你研發出來的藥？你是製藥廠的員工嗎？」

「曾經是啦。」

浩一郎拿出一張泛黃的名片放在桌上。

名片上面印著三苦製藥幾個字。

「5年前我在那家製藥廠工作過。你們也看到啦，我家是開醫院的，和那家藥廠算是醫療上的伙伴。可是我這個人討厭上班，沒做多久就辭職了，之後就變成人家口中的啃老族。啊、你們可別瞧不起我喔。在我看來，乖乖工作的人才是笨蛋。家境富裕，生活無虞，我又何必勉強自己工作呢，一點意義也沒有嘛。你們說是不是？」

「那是你的人生觀，跟我們沒有關係。你還是仔細跟我們介紹你說的那種藥吧。為什麼它可以破解這次國王遊戲的懲罰？」

「對喔，我得好好說明一下才行，否則你們不會參加遊戲吧。啊……先不說遊戲，我來跟你們介紹那個藥吧。」

浩一郎從抽屜裡取出一張A4大小的紙張，上面貼著淺藍色藥錠的照片。

「這就是能救你們一命的藥丸，我稱它為『夢幻藍』。」

「夢幻藍……？」

雅人乾澀的喉嚨發出沙啞的聲音。

「為什麼取這個名字？」

「原本這是治療頭痛研發出來的新藥，可是因為副作用太大，中途停止研發了。」

「副作用？是什麼副作用？」

「會暫時失去記憶。」

「暫時失去……記憶？」

「是的。就是因為這樣，才有可能逃過這次國王遊戲的懲罰。」

浩一郎攤開肥胖的雙手繼續說。

「你知道在國王遊戲中，人類為什麼會受到懲罰嗎？」

「嗯，知道。凱爾德病毒會利用人類恐懼的情感，讓自己殺了自己不是嗎？」

「沒錯。恐懼的感情和情報會透過病毒，散播給所有感染者，所以參加遊戲的人會主動服從國王的命令，進行自我懲罰。不過目前，這些還只是停留在假設的階段而已。儘管世界上研究凱爾德病毒的組織越來越多，但這並不表示答案已經揭曉。」

「不要再解釋病毒了，快跟我們說藥的事情吧。」

「稍安勿躁。我要循序漸進地解釋，你們才容易了解啊。」

浩一郎露出雪白的牙齒，吃力地從桌子上把身體撐起來。

「這次的命令是『殺死戀人』。也就是說，自己會不會受到懲罰，並不是由外在的情報決定，而是自己的意識判斷。因為自己是不是有戀人，要不要殺死戀人這種事，只有本人才知道。」

「所以，才要讓人失去記憶嗎……」

「沒錯。幾乎所有服用夢幻藍的實驗對象，都會忘記自己的家人和戀人的存在。不過幾天之後症狀就會有所改善。換句話說，只要在國王遊戲的懲罰執行之前服用夢幻藍的話，凱爾德病毒就無法判斷當事者是不是有戀人。」

「原來是這麼回事。」

雅人用力咬著下嘴唇。

——在這次的命令中，有沒有戀人是主要的關鍵。吃了那種藥丸會暫時失去記憶，當然也會忘記對方是戀人的這件事，所以很有可能逃過懲罰。雖然無法證實是真是假，但是我和美咲說不定可以活下去。

雅人的喉嚨發出咕嚕的聲音。

「那種藥丸可以給我們嗎？」

「是的，問題就出在這裡。」

浩一郎長長地嘆了一口氣，搖搖頭說。

「很可惜，夢幻藍的數量太少了。相對之下，光是這個區域的情侶數量就有好幾千人。所以只好用玩遊戲的方式，來決定誰能得到藥丸。」

「玩遊戲？什麼遊戲？」

「尋寶遊戲。寶物就是你們渴望的夢幻藍。」

浩一郎邊說邊指著貼在房間牆壁上的院內地圖。

「這家醫院是4層樓建築，病房有40間以上，另外還有手術室、檢查室、餐廳等各種房間。我在2樓到4樓之間，藏了20顆用小瓶子裝起來的夢幻藍。找到的話就是你們的，隨便你們要怎麼使用。不過戀人是雙方都要得救才行，如果沒有找到2顆的話就沒有意義了。」

「2顆……」

廣惠推開喃喃自語的雅人，站到浩一郎的面前。

「不要玩什麼遊戲了，直接把藥丸給我們吧！」

「不行不行！這樣就不好玩啦！」

「不好玩？你在說什麼？這可是關係著我們的命耶。」

「這個我知道。可是那是你們的問題吧？我又沒有理由非救你們不可。」

「嗄？喂，看到我們有困難，難道你要見死不救嗎？」

「那我反過來問妳好了。妳曾經救過我嗎？」

「這、當然沒有。我今天才第一次見到你。」

「這就對啦！我跟妳是剛認識的陌生人對吧！」

浩一郎的表情就像貓在笑那樣。

「而且，想得到夢幻藍的情侶多得跟山一樣。為什麼我要給素昧平生的你們特別待遇？難道只要你們自己活就行，別人死就無所謂嗎？」

「這個……」

「既然救不了全部的人，我只好救那些值得我尊敬的人囉。也就是能夠通過尋寶遊戲的情侶。」

「所以，你要我們去尋寶？」

「嗯，這是一場以性命為賭注的尋寶遊戲。」

浩一郎像弦月般的眼睛發出詭異的光彩。

「我這個人啊，從以前就很喜歡玩電玩遊戲，尤其是有陷阱的遊戲。你們知道嗎？就是房子裡埋設了各種機關，挑戰者只要掉進陷阱就會慘死的那種遊戲。」

聽到浩一郎的話，雅人的眼睛睜得好大。

「難道……這裡面有致人於死的陷阱？」

「嗯，有啊。」

浩一郎爽快地回答。

「為了避免你們之後跟我抱怨，所以我現在就跟你們說清楚吧。這間醫院在4年前就廢棄了。從那時候起，醫院就變成我的財產。我在醫院裡面裝設了各式各樣會讓人受重傷，甚至送命的陷阱。」

「你……你用那些陷阱殺人？」

「不不不，我當然不做這種事。我只是喜歡想像人們掉進陷阱裡的狼狽模樣而已。至少在今天之前……」

「在今天之前……？」

「是的，畢竟現在情況不同啦。因為國王遊戲已經把北海道變成了不法地帶，現在就算殺了人，也不太可能被捕入獄，要毀屍滅跡也不是難事。」

「你的腦筋不正常！」

雅人緊握拳頭大叫。

「你不知道嗎？這麼做是在殺人啊！」

「我當然知道，可是有什麼關係呢，我是忠於自己啊。我啊，就是痛恨你們這些人。」

「痛恨？什麼意思？」

「因為你們有女朋友。這就是原因。」

浩一郎瞄了美咲一眼說。

「好幸福喔，有那麼可愛的女朋友。我從小到大，從來沒有交過女朋友。我都已經35歲了耶。」

「這有什麼辦法！也許，只是你身邊剛好沒有喜歡你的人而已……」

「哈哈，或許吧。不過為了不讓你誤會，我這麼說好了。我曾經認識一個感覺還不錯的女孩，可惜她不了解我的嗜好，所以絕對不是我沒有異性緣喔。這世界應該還是有喜歡胖子的女人。算了，跟你說這麼多也沒用。」

浩一郎的嘴角往兩邊延伸地笑了。

「我的醫院裡藏著可以讓情侶不需要自相殘殺，就能活下去的藥丸，可是同時又埋設了許多致命的機關，這是事實。請問，你會怎麼做呢？是冒著生命危險找到藥丸？還是放棄走人呢？我不會強迫人，一切由你們自己決定。」

「……你就是不肯直接把藥丸給我們？」

「就算我想，也沒辦法。我手上沒有藥，因為已經全都裝進小瓶子裡藏起來了。藏在滿是機關陷阱的醫院裡。」

「唔……」

「拜託，不要這樣瞪著我看嘛。在此之前，你們一直都過得很幸福耶，可以跟戀人一起享受快樂的青春，而我卻是孤獨又寂寞。不過現在，咱們的立場對調啦。」

高亢的笑聲在房間裡迴盪著。

「我真的很感謝發出這道命令的宗教團體再生。因為有這道命令，讓許多情侶們互相殘殺。此時此刻，在某個地方有情侶正在殺來殺去。昨天之前深愛彼此的情侶，今天卻反目成仇，是多麼令人開心的轉變啊。」

「好變態……」

站在雅人背後的美咲，臉色蒼白地低語。浩一郎的視線移到美咲身上。

「嗄？說我變態？妳自己還不是不管別人的死活。說到底，3個月前的國王遊戲命令中，妳一定是投票給只有高中生存活的世界吧。」

「不是的！我投票給除了高中生之外，其他人都可以存活的世界。雅人也是一樣。」

「真的假的？反正現在也無法證明了。我聽說那些倖存下來的高中生都這麼說，妳不也是嗎？算了，這些都不重要了。現在你們必須決定要不要參加遊戲！決定如何？」

浩一郎露出惡意的笑容，視線重新拉回到雅人身上。

「我是無所謂啦。你們要玩？還是不玩？」

「……好吧。我玩。」

聽到雅人這麼說，美咲發出驚叫聲。

「雅人，你是說真的嗎？這個人腦筋不正常啊，還是別玩吧！」

「我知道。可是為了活下去，我們沒有別的選擇。」

雅人緊咬牙關，瞪著眼前的浩一郎這麼說。

【9月24日（星期五）上午9點45分】

爬上樓梯後，雅人一行人來到光線昏暗的走廊。盡頭那裡堆著幾個木箱，兩旁像是病房的房門，還有一條繩子水平綁在兩扇門的門把上。看到眼前的光景，雅人舔了一下乾澀的嘴唇。

「美咲，跟在我後面。絕對不要去碰奇怪的東西。」

「好，我知道。」

就在美咲回答的同時，廣惠也開口對雅人說。

「等等，雅人，我有話要說。」

「嗯？什麼事？廣惠。」

「針對接下來的事情，我們得先做出決定才行。」

廣惠一邊的眉毛抽動了一下。

「我們要一起去找藥丸嗎？」

「嗯，是啊，這樣比較有效率。不好嗎？」

「不是的，我們也是希望這樣，可是，找到藥丸的時候該怎麼分配？」

「這……」

「……我有個建議。雖然是彼此互相幫忙尋找，可是誰先找到就是誰的。這樣的話，找到藥的時候才不會起爭執。」

廣惠的手指輕輕戳了一下雅人的肩膀說。

「可是，拿到藥的情侶要繼續幫剩下的情侶找，怎麼樣？」
「嗯，這樣很好。我們欠妳一份人情，因為是你們告訴我們這間醫院的訊息的。如果我們先找到夢幻藍的話，一定會很樂意繼續幫你們找。」
「那就這麼說定囉。老實說，通常在這種情況下，人和人之間都會互相猜忌，不過我相信雅人你們。」
「是啊。我們要一起活下去！」
聽到雅人的話，美咲和司也用力地點頭。
這時候，走廊上的擴音器突然傳出聲音。
『嗯哼——嗯哼——聽得見嗎？』
是浩太郎的聲音。
『所有勇氣十足的情侶們，現在要宣布最新進展。目前又有兩組情侶拿到夢幻藍啦，恭喜恭喜！祝你們擁有幸福美滿的戀愛生活。那麼，醫院裡面還有6組情侶，請各位再接再厲！嘻嘻嘻。』
尖銳的笑聲停止後，廣惠忍不住嘖了一聲。
「那傢伙簡直有病，居然把這種遊戲拿到現實中來玩。」
「就是啊。看樣子，早在國王遊戲開始之前，這間醫院就已經布滿了機關。如果只是這樣我還能接受。問題是，他現在卻利用這些陷阱來殺人。」
「喂，你真的認為這裡有致人於死的陷阱嗎？」

「為了保險起見，行動的時候最好抱著這樣的覺悟。畢竟這世界上，還是有不少殺人如麻的變態。」

雅人想起在大樓的建築工地被誠也他們攻擊的那件事。當時，如果那些人沒有死於國王遊戲的懲罰，那麼雅人他們一定早就被殺死了吧。

「總之，先確認到底埋設了什麼樣的機關。這樣多少可以猜出大致的情況。」

雅人彎下腰，鑽過拉起的繩子。美咲、廣惠、司也跟著從繩子下面鑽過。右邊那扇門上掛著一塊寫有『202』的牌子。

舌頭在乾渴的嘴裡舔了幾下後，雅人轉開冰冷的門把，喀喳一聲開了門。第一眼看到的就是沾滿血跡的地板。

「大家先留在走廊。」

雅人壓低身體，小心翼翼地走進房間裡。裡面的空間約有20張榻榻米那麼大，除了幾張病床之外，還堆著幾個不搭調的木箱。雅人的心跳噗咚噗咚地劇烈振動著。

——地板上有血跡，表示可能有人在這裡中了陷阱。得小心提防才行……

除了紅黑色的血水之外，地上另外還留有好幾個血腳印，應該有不少人曾在這裡走動過。濃重的鐵鏽腥味撲鼻而來，雅人不禁皺緊了眉頭。

「你沒事吧？雅人。」

美咲在背後不安地問道。

「嗯，地板上有不少血水，可是並沒有看到什麼陷阱……」

雅人回頭的瞬間，聽到像是空氣裂開的聲音，同時有物體從臉頰旁邊劃過。

「哇啊！」

雅人趕緊摀住臉頰往後退了幾步。他四處張望，發現堆放在左邊牆壁的木箱和木箱之間，插著幾支箭。

「雅人！」

「別過來，美咲！我沒事！」

雅人對著正要進房間的美咲大喊。按住臉頰的右手感到濕黏，他鬆開了手，臉頰上果然出現一道紅色的血痕。大概是被箭擦過了。

雅人把堆在右邊牆壁最上面的那個木箱搬起來。木箱底部空空的，而下面的木箱裡面則有一個金屬裝置。那是一座小型的弓箭發射器，側邊還用鐵絲綁著一個像是智慧型手機的東西。

「這就是陷阱嗎……」

『哎呀，真可惜。』

突然，房間上面傳來浩一郎刺耳的聲音。抬頭看去，天花板果然有個半球型的攝影機和擴音器裝置。

『差一點就可以命中咽喉了說。這個陷阱的缺點就是沒辦法微調。畢竟只是在木箱開個小洞，從裡面發射弓箭的小機關，也沒辦法要求太多啦。』

「不要胡鬧了！」

雅人把手上的木箱往地板上用力扔去。

「你是用遙控的吧？怎麼會有這種機關呢！」

『喔，這間醫院裡面有各式各樣的機關，這個是遙控型的。只要獵物站對位置的話，就能利用遙控器射出弓箭。上一次可是成功命中呢。』

「命中？……你是說有人被射死了嗎？」

『是啊，是一名30幾歲的男性，後腦杓被刺穿而死。他女朋還哭得死去活來呢。那個人當場死了，他女友應該也會死吧，因為國王遊戲的懲罰。』

浩一郎尖銳的笑聲在房間裡迴盪。

『你最好也要小心點喔，要是你被殺死的話，心愛的女友就得受罰了。』

「可惡！我們不會死！絕對不會掉進你的陷阱裡面！」

『那我拭目以待囉。這些大大小小的陷阱，少說也有上百個呢，保證可以玩個過癮。對了，記得把木箱放回原處，把陷阱遮蓋起來比較好。』

「為什麼？」

『這樣才不會被其他的情侶們發現啊。我想，會有越來越多情侶看到留言之後跑來這裡，到時候藥的數量就會不夠。這些人會成為你解救女朋友的障礙呢。』

「可、可是也不能因為這樣，就把這些會致人於死的陷阱恢復原狀啊！」

『嗯，看來你這個人挺有正義感的。你要放著也沒關係啦，等一下工作人員會把它擺回去。』

「唔……」

『嘻嘻，你的表情好有趣啊。我很期待看到你掉進陷阱的樣子呢。那麼，我要去巡視其他地方了，拜拜。』

浩一郎的聲音消失的同時，美咲和廣惠跑進了房間。

「剛才好危險呢，雅人。」

廣惠從口袋裡掏出一張大貼布。

「還好傷口不是很深，貼上這個應該很快就會止血了。」

「啊……謝謝妳，廣惠。」

「不用謝我。重點是，現在已經確定有陷阱了，而且是會出人命的陷阱。」

廣惠瞪著裝在天花板上的半球型監視攝影機說。

「那傢伙果然是個變態。好像巴不得看到有人慘死，根本精神不正常。」

「就算這樣，我們還是得繼續玩這個遊戲。」

「是啊，這就是人家說的，不入虎穴焉得虎子。」

「嗯，不過這個地方可比虎穴要危險多了。」

「雅人，可以跟你說一下話嗎？」

站在走廊等待的司，怯怯地舉起手。

「嗯？怎麼了？呃……秋葉？」

「叫我司吧。我想，這個房間裡面應該沒有藥。」

「你怎麼知道沒有？我們都還沒開始找呢。」

雅人的眼睛在房間裡來回搜尋，裡面除了那些堆疊的木箱之外，還有許多小雜物。床上有泛黃的白衫，窗邊有幾個印了藥品名稱的紙盒。因為夢幻藍是裝在小瓶子裡，所以藏在什麼地方都沒問題。

「這裡很多地方都可以藏藥，連地上的點心空盒都有可能。只是，你怎麼會說這裡沒有藥呢？」

「因為這間病房的位置。」

司轉動脖子，左右張望。

「這裡是緊鄰樓梯的病房。那個胖子如果想玩遊戲的話，應該不會把藥藏在這裡，因為這裡是起點。」

「起點？」

「嗯。他不是說過嗎？2樓到4樓都有設陷阱。如果把藥藏在起點，那就不好玩了。」

「不好玩？為什麼這麼說呢？」

「啊、不是我覺得不好玩，而是設下這些陷阱的人。」

司連忙搖頭否認說。

「我以前玩過很多電玩遊戲，沒有一款遊戲會把重要的寶物藏在起點附近。如果是這樣的話，遊戲一下子就破關了。」

「啊、有道理。藏在這個地方的確是太簡單了……」

「嗯，所以還是從4樓找起比較好。我想這個地方，其他情侶都找過了吧。」

司的看法讓廣惠的眼睛為之一亮。

「你很聰明呢，司。不愧是秋葉原系男孩。」

「這跟秋葉原系無關吧。我想，喜歡打電玩的人應該都會知道啊。」

「這話什麼意思！你是不是在嘲笑有打電玩卻沒發現的我？」

「我、我不是這個意思……」

司還在說話，廣惠就伸手擰住他的臉頰，往兩邊拉。

「好、好痛啊，廣惠！」

「不過是臉頰被捏而已，就不會忍一下嗎？虧你還是男生呢。」

「就算是男生，痛的時候也會喊痛啊。」

雅人拍拍站在房門口鬥嘴的兩人肩膀。

「小倆口以後再吵吧。不過，從4樓找起倒是不錯的建議。」

「我就說吧，多誇獎我幾句嘛。」

「那又不是廣惠的點子。」

「司的點子就是我的點子。不管這些了，我們快去4樓吧！」

看著廣惠拉著司在走廊奔跑，雅人忍不住露出苦笑。

【9月24日（星期五）上午10點12分】

來到4樓的走廊，發現有一對20來歲的情侶也在那裡。他們看到雅人之後，神色慌張地躲進距離最近的病房內。

「除了我們之外，還有其他人也在4樓找呢。」

「好像是耶。」

美咲皺著眉頭說。

「這是個先搶先贏的遊戲。雖然藥的數量還很充裕，問題是不見得全部都能被找出來。」

「對方似乎很提防我們。」

「說得也是……全部的人都獲救是不可能的……」

「啊啊……」

廣惠在陷入沉默的雅人背上拍了一下。

「擔心也無濟於事啊。目前最要緊的，就是搶到我們需要的藥丸。」

「沒錯，我們非找到藥丸不可。」

「就是這股氣勢！那麼，這次換我們先進去房間吧。」

廣惠把前方的雅人推開，自己站在門的前面。

「總不能每次都把危險任務交給你吧。」

「這樣好嗎？還不知道裡面設了什麼陷阱呢。」

「沒關係。先進去裡面的人，發現藥的可能性比較高不是嗎？現在可是互相競爭的時候呢。」

說完，廣惠氣勢十足地打開門。站在她背後的雅人，第一眼就看到倒在地上的一對男女。兩人的臉色呈青紫色，嘴裡不斷吐出白色泡沫，四周散落著一地的藍色藥丸。

「這是……怎麼回事？」

『那是毒藥。』

像在回答喃喃自語的雅人似的，天花板上的播音器突然發出了聲音。

『倒地死去的那兩個人，是中了毒藥的陷阱。』

「毒藥的……陷阱？」

『是啊。我也沒想到真的有人會掉進這種陷阱裡面呢。』

浩一郎刺耳的笑聲在房間裡面迴盪。

『這個毒藥是3天前製成的。雖然是第一次在人體上做實驗，不過我沒料到過程會這麼順利。本來我還擔心只有一顆無法致命呢。看來，從CHILD的屍體裡提煉毒藥是對的。』

「簡直是沒人性！」

雅人對著天花板的監視器大聲咆哮著。

「這個毒藥跟剛才你拿給我們看的夢幻藍長得一模一樣！顏色也是水藍色的，任誰也會弄錯啊！」

『不不不，這是地上的那一對情侶的錯。你也看到了吧，在那個女的旁邊有一個粉紅色的盒子。』

雅人轉頭去看。就在那個女子的手邊，的確有個粉紅色小盒子。

「那個盒子怎麼了？」

『毒藥就是放在那個盒子裡面的。你還記得吧？我曾經告訴過你們，我「藏了20顆用小瓶子裝起來的夢幻藍」。注意到了嗎？是小瓶子，不是小盒子喔。可是這對情侶想都不想，直接拿起盒子裡的毒藥就往肚子裡吞。這叫活該。』

「活該？可是，誰會注意這種小細節！」

雅人咬牙切齒地抗議。

「大家都拼了命地在找藥丸，居然還拿毒藥魚目混珠，實在是太可惡了。」

「不整整你們的話，這個遊戲豈不是太無聊了。要怪就怪自己沒注意提示。我以為，情侶們看到散落在地上的藥丸應該會猜到，盒子裡裝的是毒藥，可是他們卻完全沒有懷疑。想也知道，那麼珍貴的藥丸，怎麼可能那麼輕易入手呢？對了，你們不可以把這個發現告訴其他情侶喔。因為還有幾顆毒藥在裡面。」

「我不管這麼多了，可惡！」

雅人抓住受到驚嚇的廣惠的手，用力關上病房的門。

「這間不用找了，我們去其他房間找吧！」

雅人走在前面，嘴唇抿成一線。

——那傢伙……根本就是以殺人為樂。再這樣下去，找到解藥之前，我們之間的某個人就會先掉進陷阱死了。可是，又不能不繼續找……
T恤的背面被汗水浸得濕透，手心也開始盜汗。回頭看去，美咲一臉蒼白，混渾身不停地顫抖。
「妳沒事吧？美咲。」
「沒事，只是受到一點驚嚇。」
美咲露出僵硬的笑容說。
「我還是不習慣看到屍體，儘管之前已經看過很多了……」
「既然這樣，妳還是先休息吧。藥由我去找就行了。」
「那怎麼行，我也要去找。多個人去找不是比較好嗎？」
「這個……話是沒錯，可是……」
「藥丸關係著我的性命，這時候可不允許我抱怨身體不舒服呢。」
「……我知道。不過，妳不要勉強喔。由我先去查看，確定沒有陷阱之後再讓妳進去仔細找。」
雅人一面說，一面打開病房的門。8張榻榻米大的空間裡什麼擺設都沒有，連病房應該有的病床也不見蹤影。雅人對著空無一物的房間，失望地嘆了口氣。
「這個房間好像沒有藥，我們再去下一間找吧。」
「咦？」
背後傳來司的聲音。

「剛才明明有一對男女走進這裡啊。」

「啊，好像有。不過確定是這一間嗎？」

「是啊，因為我有特別注意他們。」

「那麼，為什麼不見半個人影？」

雅人一腳踏進房間裡。

「難道，裡面有密室？」

「小心點，雅人。」

「好，我會小心的。」

雅人一面回答站在門口的美咲，一面把手伸向白色的牆壁。瞬間，雅人的身體突然往前傾倒。

「哇啊！」

眼前的視野開始轉動，美咲吃驚的臉也跟著傾斜。

——是陷阱！

雅人在右腳上施力，使勁地朝傾斜的地板蹬去。雙手盡力往前伸，用指尖抓住房門對面的走廊地板。

「雅人！」

站在走廊的美咲反射性地抓住雅人的T恤，拼命拉住，站在旁邊的司也上前幫忙。

雅人劇烈地擺動雙腳，同時向四周張望。當視線移往腳下時，不禁瞪大了眼。

因為就在視線下方的底部倒臥了一對男女，幾隻大蜈蚣在他們身體的周圍爬來爬去。大蜈蚣的長度超過30公分，黃色的腳像波浪般擺動著。

胴體呈偏紅的咖啡色，每一個體節就像佛珠一樣鼓起。看到蜈蚣在那對男女的身上鑽來鑽去的可怕光景，雅人的臉上不禁冒出冷汗。

萬一掉下去的話，也會像倒在地上的那對情侶一樣，被無數的蜈蚣螫咬吧。

雅人被美咲和司拉了上去。坐在冰冷的走廊地板，雅人調整慌亂的氣息。

「怎、怎麼回事？為什麼有那麼巨大的蜈蚣？」

『那是南美的大蜈蚣。』

走廊的擴音器又傳出浩一郎的聲音。

『也就是世界上最大的蜈蚣，秘魯巨人蜈蚣。聽說有些還會長到50公分呢。我養的蜈蚣之中，最大隻的頂多也只有42公分……』

「42公分？有那麼大隻的……？」

雅人從走廊往下窺探。長長的大蜈蚣還在地上那對男女的背上來回鑽動。

「有毒嗎？」

『有啊。不過不像CHILD那麼毒，也不會立即致命。』

「既然這樣，為什麼那兩個人動也不動呢？」

『誰叫他們掉下去的時候死命地掙扎，如果乖乖不動就不會被咬了。不過話說回來，看到那種東西靠近，會感到驚慌失措也是在所難免。而且大蜈蚣看起來，的確比CHILD恐怖多了。』

啊……就先談到這裡吧，好像有其他的情侶掉進陷阱裡了。那麼，待會再聊。』

「誰要跟你聊啊！」

擴音器靜悄悄的，對雅人的怒罵聲毫無反應。

「可惡！神經病！」

「不要被那傢伙激怒。」

美咲像是要包住雅人的拳頭般地握著他的手。

「還是盡快找到解藥，離開這裡要緊。」

「嗯……能快一秒是一秒。」

雅人看著腳下蠢動的大蜈蚣，忍不住用舌頭舔了一下乾渴的嘴唇。

雅人一行人繼續在醫院裡尋找解藥，小心翼翼地打開下一間病房的門，查看裡面的動靜。

房間裡只看到紙箱、病床和幾個木箱，雜物多又凌亂。可是沒有發現陷阱和藥丸。

廣惠嘖了一聲，用手敲了一下牆邊的紙箱。

「什麼嘛！找了老半天，根本沒有藥！盡是這些雜物。」

「這也是一種計策。」

司一面擦拭汗水，一面說。

「看起來有可能藏藥的地方，或許沒有陷阱也沒有藥，可是我們還是得仔細地找。不但耗費時間，也耗費精神。」

「從某方面來說，這也算是一種陷阱。」

「嗯。如果沒有陷阱，找起來就快多了。」

司無奈地嘆了氣，雅人拍拍他的肩膀說：

「不要急躁，萬一掉進陷阱很可能會死的。」

「我知道。可是，時間有限啊……」

「是啊。我們得在2點以前找到4顆夢幻藍才行。」

「4顆……能找到那麼多嗎？」

「無論如何，都要找到才行。」

——要是找不到的話，我們之中就會有人死。除了救美咲之外，也要救廣惠和司才行。

【9月24日（星期五）晚間8點34分】

雅人他們4個人已經找藥找了10個小時以上。這段時間別說是吃飯，連喝口水的時間都沒有，每個人臉上都露出嚴重的疲憊。

「找到了！找到了！」

在洗衣間裡的廣惠大喊。她的手上握著一個小瓶子，裡面裝了一顆水藍色藥丸。雅人、美咲、司趕緊跑過去看，他們的眼睛閃爍著希望的光芒，之前的疲憊瞬間一掃而空。

「在、在哪裡找到的？」

雅人氣喘吁吁地問。廣惠手指著一台老舊的洗衣機說。

「在那台洗衣機裡面的一件白袍的口袋裡。藥丸是裝在小瓶子裡的，我想應該不是毒藥。」

「哈……哈哈，太好了，廣惠。」

「嗯。不過只找到1顆也沒有意義。司也要一顆。還有你們的。」

「是啊，大家繼續加油，還剩6個小時……」

「嗯，時間不多，也許我們該放手一搏了。」

廣惠看了一下智慧型手機畫面的時間，然後抬起臉說。

「事到如今，我們分頭去找之前找過的幾個地方吧。」

「分頭去找？那樣太危險了吧？」

雅人的喉嚨發出咕嚕聲。

「萬一掉進陷阱怎麼辦？就算之前去過，可是並沒有仔細檢查啊。」

「所以才要去找啊！之前去過的那幾個地方，沒有陷阱的可能性比較高不是嗎？而且我同意司所說的，藏在4樓的藥丸比較多。如果那傢伙想要陷害我們的話。」

「這點我知道，可是……」

「沒時間猶豫了，時間就快到了。我們這邊還要找到1顆，你們是2顆，無論如何都要找到才行。」

廣惠用力抓住雅人的肩膀說。

「掉進陷阱而死，或是受到國王遊戲的懲罰而死，還不是一樣！現在就算硬著頭皮也得冒險！」

在廣惠的激勵下，雅人下定了決心。

「知道了，那就分頭找吧。可是，一有什麼發現，記得要呼叫我。」

司點點頭，轉而看著廣惠手上拿的小瓶子。

「廣惠，妳不先吃嗎？」

「還不急。」

廣惠把裝有水藍色藥丸的瓶子放進口袋裡。

「反正只有1顆也沒意義。我要跟司一起吃。」

「好吧。我一定會找到藥丸的。」

「那還用說嗎，還有雅人他們的份也要找到才行。喂，你們幾個要認真找喔，要是剩下的

3顆都被我找到的話，所有人都要正襟危坐地向我道謝。」
廣惠露出雪白的牙齒，來回看著雅人他們。
雅人打開一扇門上貼有「研修室」牌子的門。一進去就看到左右兩面牆壁上，掛了好幾台電動打釘槍，雅人不禁皺起了眉頭。
——之前就是因為覺得這個房間很危險，所以沒有進來找，現在已經顧不得那麼多了。相反的，越危險的房間，藏有藥丸的可能性就越高。
雅人一面在T恤上擦掉手心的汗水，一面看著堆在房間最裡面的紙箱。為了確認紙箱裡的東西，必須通過掛滿電動打釘槍的牆面，走到裡面才行……
「只好硬著頭皮衝進去了……」
雅人站在門前，身體往前傾，右腳用力往地上一蹬。
就在衝進房間的剎那，左右牆壁傳出發射的聲響。他感覺後腦杓好像被什麼東西擦過，手腕也是一陣刺痛。儘管如此，雅人並沒有放慢速度，仍舊一口氣往房間最裡面衝去。
就在身體幾乎撞到窗戶的同時，牆上的電動釘槍也停止了動作。定神看去，地面散落了一大把釘子。
「唔……」
雅人檢查一下身體，發現右手臂上面插著一根釘子。
「可、可惡！」

他用顫抖的手把釘子拔除，鮮血立即從傷口噴出。雖然疼痛，臉上卻露出微笑。

「哈、哈哈。總算是逃過一劫了，這點小傷不會怎麼樣的。」

生硬地笑過之後，雅人的手伸向離自己最近的那個紙箱。

「無論如何，一定要找到剩下的3顆才行！」

儘管在內心這麼發誓，可是雅人並沒有在窗邊的紙箱發現藥丸。

【9月24日（星期五）晚間9點50分】

雅人正在檢查員工餐廳的桌子下面時，突然聽到走廊那邊傳來男女爭吵的聲音。

「咦？發生什麼事了？」

雅人從桌底下爬出，往走廊走去。來到走廊，雅人瞪大了眼睛。一名手裡拿刀的男子站在走廊盡頭的樓梯口，廣惠倒在他的腳邊。

「廣、廣惠！」

雅人趕緊衝上前去。持刀的男子一看到雅人，隨即和身旁的女生匆匆跑下樓梯。

「我們快走吧，阿良！」

「嗯，搶到藥了。這樣我們就可以回去了。」

「嗯，太好了，我愛你，阿良。」

「我也愛妳，麗子……」

聽到他們兩人的對話，雅人的臉色大變。

「難道……」

他看看四周，發現一個沒有蓋子的小瓶子在地上滾動，裡面空無一物。

「廣惠，妳的藥被……」

雅人突然說不出話來，他看到地上聚積了一灘紅黑色的血水。廣惠的身體微微地顫抖著，身上的衣服被染成了紅色，失去血色的嘴唇抽搐著。

「我……犯了錯。本來想在被搶走之前……吞下去的，可是……」

「可惡的傢伙……」

雅人打算去追那兩個人，可是被廣惠抓住手。

「已經……來不及了。那傢伙當場就……吞下去了。」

「可惡！為了得到解藥，居然不惜動手殺人！」

「就是有……這樣的人啊。」

廣惠臉色慘白地微笑著。

「我、我本來也很小心，可是……自從認識雅人你們之後，警戒心就變弱了……」

「認識我們之後……」

「是、是啊。我找到藥的時候，一直對雅人保持戒心。我擔心……你會把藥搶走……」

「我怎麼可能做這種事！」

雅人大叫。

「我跟廣惠和司都是好朋友不是嗎？我不會去搶朋友的東西！不、就算不是朋友，我也不會搶的。」

「是啊，你的確不是會搶人家東西的那種人……因為，當我找到藥的時候，你還替我高興呢。所以，當那個人問我『是不是有藥』的時候，我就跟他實話實說……我真笨……」

「怎麼會這樣……」

看著雅人的臉色變得蒼白，廣惠的眼睛瞇成一條線。

「我、我這麼說……並不是在責怪你……」

「可、可是……」

「先不說這些了，我拜託你，去叫司來好嗎……」

「司？」

「嗯……我已經……不行了。」

廣惠望著從自己身上流出的一大灘血。

「這家醫院沒有醫生……但是至少……我想救司……」

「難道妳要……」

「是的……趁我還有一口氣在，讓司殺了我……這樣司就能活命了。」

「妳……妳是認真的嗎？」

雅人啞著嗓子說。

「當然……是認真的……拜託你……我已經……」

看到廣惠的臉因為痛苦而變形，雅人的臉頰流下了冰冷的汗水。

【9月24日（星期五）晚間10點3分】

「廣惠！」

司發出哀嚎般的哭喊，往倒在地上的廣惠跑過去。

「為、為什麼？」

「你……你不是看到了嗎……我被刺了……」

廣惠的嘴角上揚，露出勉強的笑容。

「傷、傷口深的那邊……比較不痛……也許這是……新的發現……」

「都這時候了還說這種話。我馬上去找醫生來。」

「……來……不及了……」

「來不及……？妳胡說。」

司的眼眶裡積滿了淚水。

「廣惠，不要開玩笑了好不好，妳的傷沒那麼嚴重吧？不是還能說話嗎？妳一定又跟平常一樣，拿我尋開心對吧？」

「傻瓜……你看到地上那灘血……難道還不明白嗎？流了這麼多血，怎麼可能會沒事……都到最後的時刻了，你還是那麼笨……」

「最後？這句話是什麼意思？」

「最後就是最後……不是嗎？」

廣惠顫抖的手從制服口袋裡拿出一把美工刀，讓司握住。司瞪大眼睛。

「妳、妳這是在做什麼？」

「用這個……殺了我。要、要是弄痛我的話，我不會……饒你的……」

「殺了妳？妳在說什麼？」

「這還用問嗎？我就快要死了……這是無法改變的事實。可是……司……你有機會活下去。趁我還有一口氣在，殺了我。這樣你就能逃過國王遊戲的懲罰……」

「……妳以為我會動手殺妳嗎？」

「你必須……殺我……」

廣惠的牙齒發出喀嗟喀嗟的聲響。

「我的藥被搶走了……要再找到藥的可能性……太低了。殺了我……你就能活下去……這是最好的辦法……」

「不，我絕不會殺妳的。」

「你怎麼這麼不懂事……我遲早都會死，就算被你殺死，也沒差啊……」

廣惠青紫色的嘴唇微微地偏斜。

「……沒時間了，我快死了……趁我死之前，快動手吧。這樣……你才能活下去……」

「廣惠……」

司楞楞地望著手裡握住的美工刀。銀色的刀鋒在天花板燈光的照射下反射出光芒。

「我……」

「是的……殺了我吧。反正……我就快要死了。朝我的脖子刺下去，不要猶豫。」

聽到他們兩人的對話，雅人用力地咬著嘴唇。

——要是我能早點注意到就好了。把藥帶在身上的廣惠，的確很有可能成為被攻擊的目標……

站在旁邊的美咲，把手放在雅人緊握的拳頭上，眼睛漲得通紅。

司臉色蒼白地舉起手上的美工刀，往走廊的方向扔去。

「你……你在做什麼？」

廣惠驚訝地看著司。

「已經……沒有時間了……再不殺死我的話你會……」

「我不會殺妳的。」

司堅定地說。

「說什麼我也不會殺妳的。」

「笨……笨蛋！不殺我的話……你會死啊！」

「嗯，那我就死吧。」

「司……你知道……自己在說什麼嗎？」

「當然知道。畢竟，活在沒有妳的世界，又有什麼意義呢。」

司面帶微笑，撫摸著廣惠沒有血色的臉頰。

「所以，我決定接受國王遊戲的懲罰。」

「你是……說真的嗎？」

「嗯。廣惠，妳這個人很怕寂寞，沒有我陪著妳怎麼行呢。」

「司……」

涙水從廣惠的眼眶裡流下。

「你真的……願意這樣嗎？我已經……」

「當然願意。這樣就不必再承受痛苦了。」

「司……你……好傻。」

廣惠的聲音越來越微弱。

「可是……我很高興……選擇了你。我……愛……你……」

「我也愛妳。」

「啊……唔……」

廣惠失去血色的臉龐帶著笑容，微張的嘴不再吐出一絲氣息，瞳孔也變得黯淡無光。司的涙水滴落在廣惠蒼白的臉頰上。

「廣惠……」

他緊緊地把廣惠抱在懷裡，瘦小的肩膀微微顫抖著。看到司的樣子，雅人不忍地咬著牙。

這一刻，他找不出該用什麼話來安慰司。因為如果自己跟他是同樣的立場，不管別人說什麼，恐怕也起不了安慰的作用。

過了一會兒，司緩緩地抬起頭。

「雅人，對不起。」

「對、對不起？」

「我知道應該要跟你們一起去找解藥才對，可是現在，我想留在廣惠身邊，直到最後一刻……」

「司……」

「不要那麼嚴肅嘛。」

「可是……繼續待在這裡，你會受到國王遊戲的懲罰。」

「我已經覺悟了，而且也很滿意自己的決定。要我親手殺了廣惠，我寧可死。」

司伸出右手，輕柔地把廣惠微張的眼睛闔上，然後將她抱起。鮮血滴答滴答地從制服滴落到地面。

「那麼，我們走了。」

「走？你要去哪裡？」

「我想把廣惠葬在一處風光明媚的地方，然後一直陪著她……」

「你真的決定要這樣嗎？只要找到解藥，你的記憶就會消失，也許就能活下去啊！」

「都無所謂了。而且，我連一秒鐘也不想忘記廣惠。」

「你……好堅強。」

「雖然我看起來弱不禁風，可是我絕不會讓廣惠的身體摔下去的。絕對不會。」

司癡情地望著懷裡的廣惠說。

「雅人、美咲，我們應該不會再見面了，希望你們好好活下去。我想，廣惠一定也會這麼希望的。」

司帶著澄澈透明的笑容說。

【9月25日（星期六）凌晨2點3分】

「可惡！這個房間也沒有嗎！」

心急如焚的雅人，把泛黃的床單用力扔到一邊。

「時間緊迫，卻還是什麼都沒找到！」

汗水從額頭上流下，滲進了眼睛裡。

——再這樣下去，我和美咲就要受到國王遊戲的懲罰了。至少讓我找到一顆吧……

只要讓美咲服下藥丸，她就會失去記憶幾天，這樣很可能就不必受罰了。

——我死不足惜，但是無論如何都要讓美咲活下去。

這時，美咲突然出現在走廊。

「雅人，找到了！我找到藥丸了！」

「找到了？妳找到夢幻藍了嗎？」

「是啊，這個瓶子被人家用膠帶貼在窗簾的後面。」

美咲跑向雅人，手裡拿著裝有水藍色藥丸的小瓶子。

「可是，瓶子裡只有1顆……」

「1顆……」

雅人輕輕地搖晃著瓶子，裡面的藥丸發出喀啦喀啦的聲響。如果浩一郎沒有騙人的話，裝在這個小瓶子裡的藥丸應該就是夢幻藍了。

「好！美咲，妳趕快把藥丸吞下去吧。」

「我？」

美咲睜大眼睛看著雅人。

「那你怎麼辦？」

「反正還有時間，我會去找我的那一份。這顆藥妳先吃吧。」

「……雅人，我真的可以吃嗎？」

「當然可以啊。」

雅人打開瓶蓋，把裡面的藥丸倒在美咲的手心。

「不管怎麼說，這顆藥丸是妳發現的，理當由妳吃下去啊。」

「……」

美咲把雅人拿給她的藥丸，放在手心滾動著。

「可是，我真的可以吃下去嗎？」

「那還用問！快點吃吧。把藥帶在身上的話，很有可能會被攻擊喔。」

「你現在是在命令我嗎？」

「嗯，沒錯，這是命令。」

雅人緊緊抓著美咲的雙肩說。

「不要猶豫了，快點吃下去！」

「好吧，既然你都這麼說了……」

美咲把水藍色的藥丸放進嘴裡。看到美咲的喉嚨上下滑動的樣子，雅人鬆了口氣。

——這樣的話，美咲應該就安全了吧。就算發生找不到藥的最糟情況，至少美咲還有機會活下去。

「好！那麼剩下的時間，妳願意幫我找藥嗎？」

「嗯。可是時間剩下不到40分鐘，找得到嗎？」

「這個……我也不敢保證，不過還是必須盡力去找。」

「我覺得是找不到了。」

「嗄？妳在說什麼啊，美咲。」

雅人看著站在面前的美咲說。

「的確是沒多少時間了，找到藥的可能性也很低。可是就算這樣，也要找到最後一刻啊。」

「哼，明知道機會渺茫，卻還叫我把藥吃下去。這樣你很可能會死耶。」

美咲那對勻稱的雙眉微微地動了一下。

「如果沒有找到藥的話，你怎麼辦？」

「要是真的找不到，也只有認命了。雖然我不想死，可是找不到藥又有什麼辦法呢。」

「這麼說，你早就計畫好，萬一發生最壞的情況，也要讓我活下去是嗎？」

「……嗯，這點我不否認。」

雅人看著美咲銳利的眼神說。

「沒錯，我希望至少要讓美咲妳活下去。把戀人的命看得比自己的重要，這是很自然的事不是嗎？」

「我倒覺得，許多人都把自己的命看得比戀人的還重要呢。幸好，你並不是那種人。」

「美咲……妳怎麼從剛才講話就怪怪的？」

「其實也沒什麼，我只是跟你一樣，把戀人的命看得比自己的還重要。」

美咲一面說，一面眼眶帶淚地微笑著。

「跟你說吧，雅人。我這個人滿現實的。」

「現實？」

「嗯。我本來在想，時間剩下不到1個小時，不可能找到2顆藥丸。因為之前和廣惠他們一起找了12個小時，也只找到1顆而已。」

「1顆？應該是2顆吧。廣惠和妳都有找到啊。」

「不是的。真正找到藥丸的人，只有廣惠而已。」

「咦……？」

雅人頓時感覺到背脊一陣寒意，緊繃的臉頰不自主地抖動著。

「美、美咲，妳在說什麼？剛才妳不是把自己找到的藥吞下去了嗎？」

「那顆藥丸不是夢幻藍。」

「不是……夢幻藍？」

「嗯，那是毒藥。」

「少騙人了，怎麼可能是毒藥呢！藥丸明明就裝在小瓶子裡，既然是裝在小瓶子裡，那就應該是真藥啊！」

雅人大喊，緊握的拳頭不停地顫抖。

「為、為什麼要騙我？我真搞不懂，妳這麼做有什麼意義！」

「我沒有騙你，瓶子是之前廣惠掉落在走廊上的。雖然裡面的藥被搶了，可是只要有小瓶子就夠了。」

「有小瓶子就夠了？」

「是啊，只要有這個小瓶子就可以騙過雅人。你一定會以為這瓶子裡裝的毒藥是夢幻藍。」

臉色蒼白的美咲微笑地說。

「毒藥是我從那對情侶死去的房間撿來的。你還記得吧？那個房間裡面灑了一地的藍色藥丸。」

「啊……」

「我把其中一顆藥丸放進小瓶子，交給了你。」

「妳為什麼……要這麼做？」

「那還用說嗎？我希望讓你殺了我。」

就在美咲這麼回答的同時，她的雙腳開始微微地顫抖，青紫色的嘴唇歪斜，臉上露出極痛苦的表情。

「我知道雅人你一定不會吃它，而會讓我服用。果然……不出我所料。」

「我……讓妳服用？」

「是的……你把毒藥拿給我……然後又命令我服下。換句話說，殺死我的人就是你，雅人。」

美咲的身體癱軟地傾向一旁，雅人趕忙上前抱住她。

「美、美咲！」

「雖然……我並不想這麼說……可是你要記住，殺死我的人是你……」

「美咲……妳……」

「呵呵。其實就算我不說，你也會這麼想吧……所以我才會想到這個方法。」

美咲在雅人的懷裡微笑。

「殺死我的人……是你，這是事實。可是……是我自願的。」

「為什麼……為什麼妳要這麼做呢……」

「我們兩個想的都一樣。雅人……你還不是為了救我，打算犧牲自己？」

「傻瓜！」

斗大的淚珠從雅人的眼眶滑下。

「這種時候，應該是男生死才對啊，妳怎麼可以……」

「我……我不要你死……」

美咲纖細的手指不捨地撫摸著雅人的臉頰。

「對……對不起。」

「不需要道歉！我不會讓妳死的！」

雅人抱起美咲，對天花板的攝影機咆哮道。
「我帶妳去找那個傢伙，他身上應該有解毒劑才對！」
「他怎麼可能……有解毒劑……就算有……我也不會吃的。」
「就算用強迫的，我也要讓妳服下！」
美咲不捨地望著心急如焚的雅人。
「與其做那些無謂的事……不如吻我吧？就當作是最後的吻……」
「等妳恢復健康，我一定會好好吻妳的。」
「你明知道……那是不可能的。」
「誰說不可能！只要有解毒劑，妳就有救了。」
「我……希望你吻我……」
「我說過了，以後我會吻妳的！」
「這是我……最後的心願……」
「這不是最後！」
「好……遺憾啊……」
「妳太傻了！為什麼要服下有毒的藥丸呢！」
雅人嘖了一聲，往樓梯跑去。
「更重要的是，明明還有時間，要找到2顆藥丸並不是完全沒有機會啊。」
「……」

「可是妳卻自做主張服下藥丸，這可不是鬧著玩的！」

「……」

「妳知道嗎？美咲！我真的很氣妳這麼做！」

「……」

「美……美咲？」

美咲的臉變成了青紫色，剛才僅存的微弱呼吸聲也消失了。雙眼微張的瞳孔深處，再也發不出一絲光彩。

「啊……」

雅人在樓梯的轉角處，無力地坐了下來，抱著美咲的雙手無法控制地顫抖。

「美咲？」

「……」

「喂！說話啊！妳為什麼都不出聲！」

「……」

「美咲！美咲！」

雅人抓著美咲的肩膀使力地搖晃，美咲依然毫無反應。望著美咲帶著笑意的青紫色的嘴唇，雅人皺起了臉。

「妳怎麼還笑得出來！吃了毒藥的妳應該很痛苦啊，為什麼帶著笑容死去！」

眼淚滴答滴答地打落在美咲的笑臉上。

「為什麼！到底是為什麼！美咲！」

雅人緊緊地抱著美咲的身體，泣不成聲。

【9月25日（星期六）凌晨2點42分】

樓梯的轉角處，雅人漠然地呆坐著。他輕撫著枕在膝蓋上的美咲的頭，嘴微微地動著。

「美……咲……美……咲……」

雅人一遍又一遍地輕聲呼喚戀人的名字。

——為什麼我沒有早點發現呢。想也知道，怎麼可能那麼容易就找到藥丸。美咲的言行也和平常不一樣，居然說要我命令她……

淚水模糊了眼前的視線，連美咲的笑容都變得朦朧不清。

「是我殺死了美咲……」

這時，樓梯下方傳來了人的聲音和腳步聲。

「住、住手！快住手啊！」

那是浩一郎的聲音。幾名男女抱著被五花大綁的浩一郎往樓上走，其中一人發現樓梯間的雅人，停下了腳步。帶頭的男子對雅人喊話：

「喂，請你讓開。」

「……你們在做什麼？」

「我們要教訓這個畜生。」

男子用力朝浩一郎的頭部打了一下。

「你沒有聽到廣播嗎？」

「廣播？」

「是的。其實早就沒有夢幻藍了。」

「早就……沒有？」

雅人不敢置信地張開嘴。

「這、這是怎麼回事？」

「就在1個小時之前，所有的夢幻藍藥丸都被找出來了。可是這傢伙居然隱瞞不說讓我們繼續找，擺明了就是期待我們掉進陷阱裡。」

站在男子後方的女子，不滿地發出一聲鼻息。

「我們是死定了。因為拿不到夢幻藍，又不想殺死自己的戀人，所以只有認命了。可是這傢伙實在不可原諒，他以玩弄我們為樂，所以一定要讓他嚐嚐同樣的滋味！」

「哇啊！」浩一郎苦苦哀求道。

「饒、饒命啊！我知道錯了。」

「現在認錯太遲了。我們要把你推落自己設下的洞穴，讓那些大蜈蚣活活咬死。」

「咿咿咿！」

那幾個人緊緊抱著死命掙扎的浩一，繼續往樓上走去。

「已經沒有藥了……」

雅人用沙啞的聲音喃喃自語著。不可思議的是，他並沒有感到憤怒，只覺得身體像鉛塊一樣沉重。

「都無所謂了……」

——不管怎麼做，美咲都不會回來了。

此時腦海裡浮現美咲的身影。

在教室裡，認真聽課的美咲……當志工做飯給爺爺奶奶們吃……不管做什麼，總是全力以赴，深受大家信賴的美咲……

美咲臨死前說的話，在雅人的腦海裡迴盪著。

『與其做那些無謂的事……不如吻我吧？就當作是最後的吻……』

『我……希望你吻我……』

『這是我……最後的心願……』

『好……遺憾啊……』

淚水再次從雅人的眼眶流下。

——我連美咲最後的心願都沒能達成。她苦苦哀求我的吻，而我卻無視她的心願。那是戀人最後的心願啊……

「我真是……傻瓜……」

這時，有個人影出現在雅人面前。雅人緩緩抬起頭，看到一臉驚訝的和彥。

「雅人……」

和彥的視線移向美咲。看到美咲的臉變成青紫色，和彥的喉頭起了極大的波動。

「美咲……為什麼會變成這樣？」

「我殺死了美咲。」
雅人用乾澀的聲音回答。
「是我讓美咲服下毒藥的。」
「毒藥？你……」
「哈……哈哈。我殺了自己的女朋友，是我命令美咲服下毒藥的。」
笑聲在樓梯間迴盪著。
「殺了美咲，我就不會受到懲罰了。哈哈哈！我是殺死自己女朋友的男人。」
「雅人……」
和彥在雅人面前蹲下身。他望著美咲的臉，深深嘆了一口氣。
「我知道了……美咲是為了保護雅人而死的。」
「不是的，和彥，是我殺死她的。」
「不要騙人了。」
「我沒騙你！是我把美咲……」
「你絕不可能殺死美咲的，這點我很清楚。」
和彥拍了一下雅人的肩膀。
「而且，美咲死後的臉上還帶著微笑不是嗎？」
「啊……」
雅人的瞳孔倒映出美咲的笑容。他的身體微微地顫抖，耳朵只聽到和彥的聲音。

「美咲一定死得心滿意足，因為她救了你。」

「美咲……」

雅人緊緊抱住美咲的身體，淚水不停流下。

——美咲，妳真的覺得這樣做對嗎？為了救我，不惜犧牲自己的性命。像我這樣的人，根本不值得妳為我捨棄生命啊！

「雅人，我們快離開這裡吧。」

和彥抓起雅人的手。

「繼續留在這裡也沒有意義。」

「……美咲死了，我活著也沒有意義了。」

「那麼，你要讓美咲就這樣留在這裡嗎？」

「這……」

「美咲是女孩子，我想她一定不希望讓人家看到她死去的樣子。我們來幫她做個墳墓吧。」

「墳墓……？」

「是的，那是你的工作，因為你是美咲的戀人。」

「說得也是，我必須幫美咲做個墳墓才行……」

雅人喃喃自語地說。

第 2 章

命令 6

9/25 [SUT] AM 03:01

【9月25日（星期六）凌晨3點1分】

醫院外頭橫躺了好幾具情侶的屍體。每具屍體都是四肢扭曲、頭部呈異常角度折斷。

「國王遊戲已經執行懲罰了嗎……」

「是啊，這都是瞬間發生的事。」

站在雅人身旁的和彥臉色凝重地說。

「他們大概是看到留言版的訊息跑來這裡，卻被那群穿迷彩服的男人以人數限制為由擋在外面，所以才會來不及。」

「就算進去了也沒什麼意義，解除國王遊戲懲罰的藥丸早就被搶光了。」

「是嗎……」

「製作藥丸的人應該死了吧。」

「是啊，那些蝦兵蟹將可能也全落跑了，所以我才能進到醫院裡面。」

和彥來回看著橫躺在地上的屍體，語重心長地嘆了口氣。

「不知道要到什麼時候，才能逃離這個地獄呢。」

月光灑落在隨風搖曳的草原上，陣陣草香飄進雅人的鼻腔裡。

「美咲……」

他雙唇緊閉地站在隆起的土堆前，旁邊的和彥也闔起手掌祈福。

「這個地方很不錯，我想美咲一定會滿意的。」

「如果是這樣我就放心了……」

雅人把右手放在土堆上。

「以後再也聽不到美咲的聲音，也摸不到她的人了……」

「雅人……」

「和彥，你覺得這世界上有沒有天堂？」

「老實說，我也不知道。我又沒去過。」

「說得也是。如果有天堂的話，將來還有機會再見到美咲，也可以跟我爸媽重逢，還能陪莉莉佳玩。」

「這個……」

「多麼幸福啊。在天堂裡，不但可以和美咲約會，回到家還可以吃到我媽做的飯菜。那裡比現實要快樂多了，一定是這樣……」

撫摸著美咲隆起的墳墓，雅人微笑地說。

「真的好想早點上天堂啊。」

「雅人……」

這時，雅人的口袋傳出了簡訊的鈴聲。雅人拿起手機，看著螢幕上的文字。

【9／25星期五03：10　寄件者：國王　主旨：國王遊戲　本文：這是所有居住在北海道的人所進行的國王遊戲。國王的命令絕對要在24小時內達成。※不允許中途棄權。※命令6：

隨身攜帶天然的鑽石。　END】

從側面偷看雅人手機螢幕的和彥，牙齒發出喀哩的聲音。

「這次要我們找鑽石？可惡！」

「好像是這樣。」

「好像是？你打算怎麼辦？要天然的鑽石耶！哪有那麼容易找到啊！」

「我都無所謂了。」

「無所謂……喂，要是沒弄到鑽石的話，可是會受到懲罰的。」

和彥抓住雅人的肩膀，用力地搖晃。

「再不快點去找鑽石的話，後果會不堪設想啊。」

「我不想找了。」

把智慧型手機放回口袋之後，雅人在美咲的墳前坐了下來。

「我要留在這裡，陪著美咲……」

「你、你在說什麼傻話！你不想活了嗎？」

「嗯，我決定一死。」

雅人乾脆地說。

「美咲不在了，我活在這個世界上也沒有意義，所以，我決定死在美咲的墳墓旁邊。」

「你是說真的嗎？你這麼做，等於是在自殺啊。」

「是啊，或許我是在自殺吧。可是，我覺得這樣很好。」

「一點也不好！」
和彥露出雪白的牙齒大喊。
「香鈴的情報該怎麼辦？我們得回去札幌，將她的事情通報警方啊！」
「這件事只好麻煩你了。」
「嗄？麻煩我？」
「只是通報訊息而已，你一個人去就行了。」
「雅人……你真的打算繼續留在這裡嗎？」
「嗯，我要陪在美咲身邊，等著接受懲罰。」
「……我知道了。既然你都這麼決定，那我們只好在這裡分手了。」
和彥轉身背對雅人，往前邁開腳步。
「我很失望，你居然會做這樣的決定。」
「……」
「我不會死！我一定要活下去！然後把香鈴抓起來，結束國王遊戲！」
「是啊，我相信你一定可以辦到的。」
「哼，你這混帳！」
說完，和彥朝著在夜風中擺動的草原奔馳而去。
「對不起，和彥。」
雅人對著漸漸遠離的和彥背影低下頭。

「我決定要陪在美咲的身邊，這是我的幸福。」

——沒錯，我會幸福的。因為我要和美咲一起在天堂過著快樂的日子。

雅人一臉神往地撫摸著美咲的墳墓。

「很好，這樣就行了。」

站在美咲墳前的雅人滿足地笑了。他摘了許多龍膽花，放在隆起的土堆前。

「雖然不知道這花的名字，可是很漂亮對吧？紫色花朵散發出的高貴氣息跟妳很相配，不賣弄華麗冶豔，而是飄散著自然的清香，這點跟妳很像。啊……不要生氣喔，我是在讚美妳。」

雅人笑著，在墳前坐了下來。晨曦灑落一地婆娑搖曳的草原。

「怎麼樣？美咲，這地方很不錯吧。空氣清新，視野絕佳。對了對了，我剛才看到一對母馬跟小馬喔。小馬非常可愛，跟在母親後面拼命跑呢。」

夾帶著草香的風，翻弄著雅人的前髮。他在墳墓旁邊躺下來，眺望水彩畫般的藍天美景。

「好像很久沒有看到天空了。北海道果然是個好地方，跟本州不一樣，寬闊又自在呢。」

雲朵悠閒地飄流著，彷彿連時間也跟著慢了下來。

「打從國王遊戲開始之後，就一直很在意時間，很久沒能像這樣享受悠閒的時光了。」

雅人舉起雙手，看著傷痕累累的手臂。

「到了天堂之後，就不會受傷了吧。」

強烈的睡意悄然來襲。

「對了，我一直都沒睡呢……睡一下吧。晚安了，美咲……」

爽朗的微風輕拂著肌膚，雅人闔上了雙眼。

【9月25日（星期六）下午2點31分】

突如其來的聲響，吵醒了休息中的雅人。

「嗯……怎麼了……？」

撐起身體，看到前方數十公尺處，倒著一名衣服沾滿鮮血的青年。雅人認出那名前額留著整齊瀏海的身影，驚訝得睜大了眼。

「和……和彥！」

他趕緊往倒在地上的和彥跑去。

「喂！和彥！你怎麼了？」

「……雅、雅人……」

雅人把和彥的身體翻了過來，他身上穿的T恤和牛仔褲染成了血紅色。

「你、你受傷了嗎？」

「是、是的，途中遭到了CHILD的埋伏……真是沒想到……可、可惡！」

臉色蒼白的和彥微笑地說。

「應該沒有毒，可是……肚子和大腿都被觸手螫到了……好不容易逃出來……可是血流了太多……」

「好，我知道了。你不要再說話，我馬上去找醫生來。」

和彥抓住打算起身跑開的雅人。

「傻瓜……不要去，現在要上哪裡找醫生……」

「可、可是……」

「我並不是……為了活命……才回來這裡的……」

「那你為什麼要回來？」

「為了把這個……交給你……」

和彥顫抖的手，從口袋裡掏出一只銀色戒指。上面鑲著一顆閃閃發亮的鑽石。

「我先把話說在前面……這可不是偷來的。是一位賣房子的婆婆送我的。她說我很像她死去的孫子……有附贈鑑定書……確定是天然的……你就收下吧。」

「既然如此，那就是你的啊！」

「沒、沒錯。這是我的，可是，我已經不需要了……」

「和彥……你在說什麼？」

「你應該很清楚……我已經不行了。」

和彥雪白的牙齒喀噠作響。

「所以，我沒必要留著它……我想要把它送給你……」

「不要！我不需要那種東西！」

雅人用力搖頭拒絕。

「我已經做好一死的準備，不需要什麼鑽石。」

「不，不可以這麼想，你要活下去。很遺憾，我不行了，你必須去札幌，將香鈴的消息通報給警方。」

和彥的表情痛苦，硬撐著把話說完。

「這也是……你的義務。」

「義務？我哪有什麼義務。我決定要和美咲一起死了。」

「你以為你這麼做，美咲會高興嗎？」

「這……」

看著無言的雅人，和彥又繼續說。

「要是美咲看到現在的你……一定會很生氣。她是為了讓你活著才犧牲的……絕不會原諒你這麼做的……」

「不會原諒？」

「是的。你這樣等於是拒絕美咲為你做的犧牲……還有心意。」

「我不是這個意思……」

「明明就是……不是嗎？」

和彥帶著勝利的表情笑著說。

「你要活下去，這是美咲的心願……也是我的……」

「和彥……」

「雅人……活下去吧，絕對不能放棄……無論發生什麼情況都要活著。受盡折磨也要咬著牙撐下去……知道嗎？」

和彥用顫抖的手，把戒指交給雅人。
「北海道……還有很多人活著。你要……救救他們……」
「為什麼我要救大家？我只個高中生啊。」
「不……你是英雄，不是嗎？」
和彥的嘴角微微往上揚起。
「那麼……再見了。英……雄……」
和彥張著嘴，不再說話。看到臉上的血色逐漸褪去的和彥，雅人忍不住顫抖。
「和……和彥？喂！醒醒啊！」
雅人在和彥臉頰上拍打了好幾下，可是都沒有反應。
「和彥……不要鬧了！」
雅人憤怒地拍打著和彥的胸膛。
「你叫我活下去，自己卻死了！開什麼玩笑！你以為自己多了不起！」
熱淚從雅人的臉頰滑下，沾濕了和彥的T恤。
「和彥……你這個混蛋，怎麼連你也死了！可惡！」
雅人痛哭的聲音，隨風在草原上擴散開來。

「那麼，我要走了，美咲、和彥。」
雅人站在美咲與和彥的墳前，向他們道別。

「你們兩個真的很過分，把這麼重要的任務塞給我，自己卻死了。我知道你們並不是自願死的，可是……我總覺得自己好像抽到下下籤一樣。」

雅人用右手在隆起的土推上拍了幾下，手指上戴著和彥給他的那顆鑽石戒指。

「不過，我了解你們的心意。」

雅人的雙手緊握成拳。

「我不會死的。我發誓一定要抓到香鈴！」

——沒錯。那是我應該做的事。逮捕香鈴，讓惡夢劃下句點，保護北海道……不，保護全世界。

雅人從牛仔褲口袋裡掏出糖果，在美咲與和彥的墳前各放一顆。

「這是莉莉佳送我的糖果，非常好吃，你們在天國好好享用吧。」

拿起放在一旁的背包扛在肩上，雅人望著美咲的墳墓。

「對了，美咲，我可能很久以後才會死。當我老死之後，妳可別不要我喔，因為這是妳希望的。」

說完，雅人轉身背對著美咲與和彥的墳墓，踏上旅程。

【9月25日（星期六）傍晚5點35分】

雅人不發一語地走在通往札幌的道路上。四周的景色在夕照下，染成一片橙黃。曲折的道路兩旁是茂密的樹木，沙沙作響的綠葉在風中搖擺著。

注意到路上停了幾輛車後，雅人咬著牙，發出了聲音。

「糟了，還是騎機車或腳踏車代步比較方便。到附近找找看好了，雖然沒有駕照，不過應該沒問題，畢竟現在可是非常時期呢。」

雅人嘀咕著，然後沿著大幅度右轉的道路前進。

此時，數十公尺前方傳來說話的聲音，雅人機警地低下頭，躲進路旁的白樺樹後面。

「嘖！該不會是CHILD吧。不……就算是人類，也很危險。」

他脫下載在右手指上的鑽戒，放進口袋內。

——我只有一個人，還是小心為妙。萬一他們也在找鑽石，很可能會用搶的。

「和彥交給我的這顆鑽戒，絕對不能被搶走。」

雅人從白樺樹幹後面偷看，發現路中央停了幾輛自衛隊的吉普車，一旁還有幾名身穿迷彩服的持槍男子正在聊天。他們看起來年紀很輕，應該還是青少年。

「天快黑了，我們回去吧。」

「果然又白跑一趟，那個冰室香鈴到底躲到哪裡去了？」

「誰知道。北海道這麼大，說不定跑去本州了。」

「沒有正確情報的話，根本無從著手。」

「沒辦法，人力不夠啊。」

「是啊，所以連我們這些高中生都要出動。」

聽到那些男孩子的對話，雅人的眉頭動了一下。

「高中生……」

此時，背後突然傳來喀嚓聲，接著一個女人發出嚴厲的警告。

「不准動！」

「啊……」

雅人貼在樹幹上，雙手高舉。

「等、等一下，我是人類。」

「這很難講。少廢話，把臉轉過來，你敢亂來的話，我一槍斃了你。」

「我……我知道了。」

雅人慢慢轉過身。站在他面前的是一個穿著迷彩服的少女。

少女一頭秀麗的長髮分成兩邊綁起，細緻的雙眉微微地上挑，手裡還拿著一把槍。她用那對帶著堅強意志的眼睛瞪著雅人問道：

「你躲在這裡做什麼？是不是在監視我們的部隊？」

「我們的部隊？喂，妳跟那些人是一夥的嗎？」

「說話口氣放尊重點！我的名字叫湯月亞沙美。」

亞沙美的槍口對準雅人，往前踏出一步。
「聽好，乖乖站著不要亂動！」
「不要亂動？妳要我一直站著嗎？」
「在確定你不是 CHILD 之前都不准動。」
「分辨 CHILD 不是那麼容易的事。」
「我們部隊裡有人一眼就可以分辨出來……咦……？」
亞沙美眨眨眼，打量著雅人的臉。
「你不是……宮內雅人嗎？」
「……是、是啊。既然妳認識我，那就沒事啦。」
「不行。外表看起來是地方英雄宮內雅人，也有可能是 CHILD 變成的。而且就算是人類，也一樣很危險。」
「危險？因為國王遊戲的命令嗎？」
「是的，為了搶鑽石，已經鬧出不少人命了。」
「可惡！這樣不就稱了香鈴的意。」
「香鈴？你說的香鈴，是指冰室香鈴嗎？」
「是的。她是為了證明人類的愚昧，故意發布這道命令，所以必須盡快抓到她才行。」
雅人舉著手繼續說。
「你們不是也在找香鈴嗎？那傢伙現在人在札幌。」

「札幌？你是說真的嗎？」
「當然。這是我聽香鈴親口說的，她是我的同班同學。」
「如果這個消息是真的，那得趕快通知其他部隊才行。」
此時，一名把槍扛在肩上的男子從亞沙美後面走過來。這個人外表精悍，身上的迷彩服沾滿了血跡。男子這麼問亞沙美：
「喂，怎麼了？亞沙美。」
「啊！神崎隊長，我發現一名可疑人物！請隊長確定他是不是CHILD。」
「可疑人物？這傢伙嗎？」
那個叫神崎隊長的男孩子，朝雅人瞥了一眼。
「放心吧，這個人不是CHILD，只是普通的人類。」
雅人聽了之後，驚訝地張著嘴。
「等等！你怎麼看得出來？呃……神、神崎……」
「神崎斗志雄，這是我的名字。」
斗志雄露出獠牙般的虎牙，笑著說。
「你想知道為什麼我能斷言你不是CHILD嗎？我通常是從汗水、眨眼和表情來判斷。當然，還有其他的小動作。」
「這、這是什麼答案？光靠觀察這些就能區分CHILD和人類？」
「大概是因為只有我具備這種能力，所以才能當上高中生部隊的隊長吧。」

「高中生部隊？對面那些男生也是高中生嗎？」

「嗯，站在你面前的亞沙美也是。不過開吉普車的那位駕駛是20幾歲的大哥。你也是高中生吧？那你應該知道CHILD的毒性對施打過凱爾德病毒抗體的高中生無效才對。在目前這種情況下，高中生可是非常重要的戰力呢。」

「神崎隊長！」

亞沙美一面盯著雅人，一面對斗志雄說。

「這傢伙是宮內雅人。」

「宮內雅人？」

「你不知道嗎？就是在3個月前的國王遊戲中引起話題的那個高中生，他上過地方電視台，新聞也有播出呢。」

「啊，的確是有這號人物。原來你是『地方英雄』啊。」

斗志雄滿臉笑容地打量雅人。

「嗯——原來如此……你是這一型的啊。」

「這一型？這話什麼意思？」

雅人不悅地嘟起嘴，他討厭這種被當成物品鑑價的感覺。看到他這個小動作，斗志雄瞇起了眼睛。

「我說，你的警覺性也太低了吧。如果我是CHILD的話你早就死了。別忘了，現在大家都在搶鑽石呢。」

「你、你怎麼知道我身上有沒有鑽石？」

「哈哈哈，瞧你那副緊張兮兮的樣子就知道啦。而且，你的右手手指有戴過戒指的痕跡，是看到我們才拔下來的對吧？你會這麼做，就表示你帶著人人喊搶的鑽石戒指的可能性很高。」

「唔……」

「放心吧。政府已經優先發給我們鑽石了。」

斗志雄左手拿起戴著的一條銀項鍊，鍊子上套著一個鑽石戒指。

「有些笨蛋就是衝著這個，向我們發動攻擊。所以，我們必須盡快找到冰室香鈴才行。」

斗志雄說完，原本閉口不語的亞沙美也說話了。

「剛才這傢伙說，香鈴在札幌。」

「喔！這消息是真的假的？」

聽到斗志雄這麼問，雅人用力地點頭。

「是的，香鈴人在札幌。不過無法確定更詳細的地點。」

「很好，既然這樣，那我們快點收兵吧。你跟我們一起走，我希望由你來告訴藤澤知事這個消息。」

「沒問題，我就是為了這件事才要去札幌的。」

「對了，你是怎麼來到這裡的？」

「用走的。路都被車輛塞住了。」

「原來如此。不過接下來，你就輕鬆多了。」

斗志雄指著吉普車，露出的笑容中帶著邪氣。

【9月25日（星期六）晚間9點45分】

一踏進北海道廳政府的會議室，坐在椅子上的幾十名男子的視線，頓時全部往雅人的方向集中。站在厚重大門前的雅人，反射性地挺直了腰。

其中一名頭髮斑白的男子走近雅人，用嚴厲的眼神打量他。

「你就是宮內雅人？」

「是、是的。」

在男子的注視下，雅人大聲回答。

「你是……藤澤知事吧？」

「是的。你認得出我？」

「那是當然的了，因為我也是北海道人啊。」

「哈哈，可是最近不知道知事長相的人越來越多了呢。」

藤澤知事笑著說，旋即又收起了笑臉。

「不談那些了。你說冰室香鈴人在札幌，是真的嗎？」

「是的，這是她本人親口說的。我想應該不是騙人的。」

「是嗎……高倉！」

藤澤對站在他背後的男子下令。

「通知所有部隊，全力在札幌市內搜索冰室香鈴。無論如何，都要在今天之內逮到她。」

「是，知道了！我馬上去辦！」

那個叫高倉的男子動作俐落地走出會議室。門關上之後，藤澤抓住雅人的肩膀，向他低頭致謝。

「謝謝你，雅人，我打從心底感謝你。」

「您不需要向我道謝，我只是做應該做的事情而已。現在住在北海道的人，每個人都要同心協力才行。」

「你說得沒錯。很多人因為這次的命令，四處燒殺擄掠，就是為了搶到鑽石。」

「很難取得鑽石嗎？」

「目前北海道約有400萬人，鑽石的數量根本不夠。本州那邊已經用直升機空運應急，不過還是要抽籤決定。」

「抽籤？這太離譜了！」

雅人臉色蒼白地大喊。

「沒有鑽石的人會受到懲罰啊！」

「我知道！可是真的沒有辦法可想。除非能逮到冰室香鈴，問出奈米女王的密碼……」

「對，要是能破解密碼就好了……」

「沒錯。幸好有你提供情報，現在找到冰室香鈴的可能性大大提高了。」

「我也想幫忙找。你們不是有高中生部隊嗎？」

聽到雅人這麼問，藤澤用力點頭回應。

「是的。不過你考慮清楚了嗎？加入部隊就必須和 CHILD，還有再生這個宗教團體作戰，很有可能會死喔。」

「這點我明白。可是我不會死的。」

「不會死？」

「是的，因為這是我朋友最後的心願，我必須活下去！」

「最後的心願是嗎……」

藤澤眉頭深鎖地說。

「這一星期以來，北海道已經死了許多人，起碼也有100萬人以上。」

「100萬人以上……死了這麼多人嗎？」

「如果這次的懲罰執行的話還會死幾百萬人，因為鑽石不夠用。」

「唔！這樣的話，活下來的人不是比較少嗎？」

「我想，敵人這麼做的目的是要牽制我們的行動。這次的命令是能弄到鑽石的人就得救。也因為這樣，我們的行動必須以鑽石為主。現在大部分的軍隊都被派去保護鑽石，而且這個行動必須持續到國王遊戲執行懲罰為止。」

「看來，唯一的解決辦法只有逮捕冰室香鈴了。」

「嗯，這是無庸置疑的。不抓到冰室香鈴，國王遊戲的命令就會繼續下去。每一次都會造成無數人的死亡。」

「命令會繼續下去……」

冷汗從雅人的額頭滑下。

——藤澤知事說得沒錯。香鈴就是為了證明人類的愚昧，才會進行國王遊戲。如果她的想法得到了證實，接下來很可能會發布讓北海道人瞬間死亡的命令。

藤澤神情嚴肅地看著雅人。

「我也不想讓未成年的你們去執行這麼危險的任務。可是，如果你堅持加入部隊，就必須上前線作戰。」

「我已經有覺悟了！」

「既然這樣，那就去跟亞沙美報到吧，她是高中生部隊副隊長。」

「啊……是那個女生啊……」

雅人腦海裡浮現出綁著兩撮長髮，拿槍對著自己的那個少女，還有那對黑色眼眸透露出的堅韌意志。

「女生居然當副隊長……」

「那個女孩子非常優秀喔。從某方面來說，高中生部隊是由她在領導的。只不過在戰鬥能力上，遠不及隊長神崎斗志雄就是了。」

「那個有虎牙的男生？」

「是的，多虧有斗志雄，我們才能殺死許多CHILD，他能用肉眼判斷CHILD呢。」

「這麼說來，他也是一眼就斷定我是普通人類。」

「是的，斗志雄好像是從對方的小動作判斷的，如果是一般人的話一定會錯過。他的這項天賦也能用於戰鬥上面。你很快就會知道，幸好他是我們的戰友。」

聽到藤澤這麼說，雅人的喉嚨發出咕嚕的吞嚥聲。

【9月25日（星期六）晚間10點38分】

北海道廳政府的佔地內聚集了許多人，幾名身穿迷彩服的持槍男子，對著群眾們大聲喊話。

「請大家照順序排隊。鑽石的數量非常充足。」

「拿到鑽石的人請回避難所。」

「一人一顆。請務必遵守規定。」

看到廳政府前面排隊領取鑽石的人龍，雅人鬆了一口氣。

「幸好……鑽石的數量很充足，真是太好了。」

「才不是這樣。」

雅人的背後傳來女孩子的聲音。轉過頭之後，才發現亞沙美正用銳利的眼神看著他。

「你也未免太天真了吧。」

「天真？這話什麼意思？」

雅人嘟起嘴，走向亞沙美。

「大家不是都能領到鑽石嗎？」

「那些鑽石大部分都是假貨、複製品！」

「嗄……？複製？這是什麼意思？」

「小聲點，要是被聽到就糟了。」

亞沙美用食指戳一下雅人的臉頰說。
「沒有人告訴你鑽石數量不足嗎？」
「藤澤知事是說過，可是複製品不行吧？拿到複製品的人會受到懲罰的。」
「不用你說我也知道。可是，現在有什麼辦法呢？不這樣的話，大家會搶成一團。」
「難怪藤澤知事說，要用抽籤的方式……」
「是啊。幾十顆鑽石裡面，大概只有1顆是真貨。換句話說，幾十個人之中，只有一人能得救。」
「妳、妳是在騙我吧……」
雅人的視線移向那些拿到鑽石準備離開的人們，其中還有看起來像小學生的孩童，讓他不禁臉色大變。
「不、不行！那樣機率太低了……」
「不然你有更好的方法嗎？你要把自己的鑽石送人嗎？就算這麼做，也只能救一個人而已。」
嘖了一聲之後，亞沙美瞪著雅人說。
「我們已經盡了最大的努力。如果你要批評的話，就提出更好的方法。」
「這……」
「總而言之，要救全部的人是不可能的。所以我們一定要找到冰室香鈴，問出奈米女王的密碼。只有這個方法才能救所有的人！」

亞沙美冷不防地把臉靠近雅人。

「我聽藤澤知事說，你要加入我們的部隊，是真的嗎？」

「是、是的。我也想找香鈴。我就是為了這件事才來札幌的。」

「嗯，好吧。我們不是正規的部隊，誰想加入都可以，想退出的時候也是隨時可以退出。不過，只要留在部隊一天，就得乖乖聽我指揮。就算是『地方英雄』也不能例外。」

「我知道。不管多危險的任務，我都會全力以赴。」

「希望你不是空口說白話的人。很多人一進部隊，沒多久又落跑了。」

亞沙美像在評鑑什麼似地打量著雅人。

「看你的樣子，之前應該也和 CHILD 交過手。不過絕對不可以掉以輕心，尤其是要提防有金色瞳孔的 CHILD。」

「金色瞳孔？你說的那個 CHILD，是不是一個外表像中學生的男孩子？」

「怎麼，你認識？很多部隊就是栽在那個像中學生的 CHILD 手裡。那傢伙好像是 CHILD 之中最強的。」

「最強……那由他……」

「那由他？你連那個 CHILD 的名字都知道啊？」

「那由他念小學的時候，就住在我家附近。當時他還是人類……」

雅人的嘴微微地噘起。

「他很尊敬我，把我當成哥哥一樣，每次都叫我雅人哥哥。那時候的他真的很可愛。」

「可愛？……是喔。根據情報，那傢伙個頭矮小像個中學生。不管怎麼說，就算你們以前認識，可是他現在已經變成了CHILD，是我們的敵人，這點你一定要記住！」
「敵人……？」
「沒錯，就算長相一樣，但骨子裡是CHILD，你不能再把他當成朋友。相反的，他是你朋友的敵人，一個非殺不可的對象……」
說到這裡，亞沙美嬌小的身軀開始顫抖，眼眶裡噙著淚水，整個人像是被周圍的空氣壓縮般地蜷曲起來。亞沙美突如其來的變化，讓雅人感到詫異。
「喂，妳不要緊吧？」
「……沒事，我只是突然想起我爸媽而已。」
亞沙美把手貼在胸前，重複做著深呼吸的動作。
「我本來以為自己已經克服了，真是沒用。」
「發生了什麼事嗎？」
「……我爸媽是被CHILD殺死的，CHILD還變成他們的模樣，打算殺了我。」
「原來如此……」
「一開始是我爸變得怪怪的。平常開朗健談的他，突然變得沉默寡言。之後，我媽的個性也起了變化。」
亞沙美勉強擠出笑容繼續說。
「剛開始，我懷疑是我爸外遇。後來我媽也注意到了，家裡的氣氛變得很奇怪。」

「這也是沒辦法的事。大家也是在爆發這次國王遊戲之後，才知道有 CHILD 這種生物的存在。」

「是的。在國王遊戲開始的同時，CHILD 就對同棟公寓裡的住戶展開攻擊，我家就是受害者。」

「那妳是怎麼脫困的？」

「是我哥救了我，可是他卻犧牲了。」

「犧牲？妳哥也死了嗎？」

「嗯。他是被冒充我爸媽的 CHILD 殺死的。」

淚水從亞沙美的眼中潸然落下。

「我哥整個身體都被 CHILD 嚴重咬傷，可是他還是奮戰到最後一刻。最後，他終於替我爸媽報了仇。」

「是嗎……原來妳受了這麼多委屈。」

「不需要同情我，我並不是想拿自己的不幸博取同情。現在情況變這樣，每個人都吃了不少苦不是嗎？你一定也是吧。」

「嗯……在來這裡之前，的確發生了許多事。我的朋友、父母都死了，連女朋友也無法逃過一劫。」

雅人凝視著高掛在夜空中，照亮自己身體的一輪月亮。

「要是我夠強悍的話，也許就能救大家了。」

「事情都發生了，耿耿於懷也挽回不了什麼。重要的是，接下來的路該怎麼走。」
「妳說得對。只要能夠終結這個惡夢，我什麼都願意做。」
「很好，我對你的期待越來越高了。」
「那我可以做些什麼呢？」
「休息。」
「喂！這是什麼意思？」
雅人失望地垂下肩膀。
「不是馬上要去找香鈴嗎？」
「我們的部隊一直忙到剛剛才收工。總不能24小時連續值勤，都不休息吧？」
「話是沒錯，可是已經沒時間了。」
「那更要休息啊。要是沒找到冰室香鈴，下一道命令很快就會發出來。所以，我們必須是一支能夠臨機應變、隨時出動的部隊才行。」
「原來如此……」
「喂，你也要讓身體喘口氣。該休息卻不休息的人，就算鬥志再高也撐不了多久的。」
「我明白了。不過妳以後別再叫我喂，叫我雅人吧。」
「那你也叫我亞沙美吧，畢竟我們不是正規的部隊。不過，我的位階比你高，作戰的時候必須聽命於我，知道嗎？」
「嗯。知道了。有什麼任務儘管吩咐我吧。」

雅人拍著胸脯說。

【9月26日（星期日）凌晨3點3分】

雅人在一間約30張榻榻米大小的房間裡坐下，周圍有好幾個身穿迷彩服的高中生躺著睡覺。房間中央擺了一張折疊式的長桌，上面有瓶裝水、零食和罐頭。大概是隨時待命的緣故吧，空氣中瀰漫著緊張的氣氛。

另外還有幾名高中生聚在一起交談。

「時間差不多了吧。」

「看樣子，還是沒有找到冰室香鈴。這次恐怕又要死一大堆人了。」

「應該是吧。因為很多人都沒有拿到鑽石。」

「我們這裡發出去的鑽石，大部分都是複製品。拿到的人死前一定沒想到自己會受到懲罰吧。」

「可惡！政府到底在做什麼！再這樣下去，北海道的人都會死光啊！」

「當務之急應該是防止凱爾德病毒向外擴散。」

「也許他們以為，只要本州不出事就好了吧。不要對政府抱太大的期望。」

「嗯。現在能夠依靠的，就只有自己了。我們都是為了保護自己和伙伴而加入志願軍的不是嗎？」

聽到那個人說的話，雅人安靜而用力地點著頭。

——沒錯。我也是為了活下去、為了拯救更多住在北海道的人，才加入這支軍隊的。

喀喳一聲，房間的門被打開了，所有人的視線一起投向門口。站在那裡的是張著嘴巴，哈欠連連的斗志雄。

斗志雄注意到雅人的存在，舉起一隻手走了過去。

「嗨！聽說你也加入我們部隊啦？」

「是……是，隊……隊長……」

「叫我斗志雄就好了，我們應該是同年吧。」

斗志雄嘴角上揚，露出雪白的虎牙。

「對了，聽說你和那個金黃色眼睛的 CHILD 以前就認識是嗎？」

「是、是的。你是說那由他吧？」

「他還是人類的時候，好像是叫這名字沒錯。那傢伙真的很可怕，剛才好像有部隊被他突襲呢。」

「剛才？你是說尋找香鈴的部隊嗎？」

「是啊，那傢伙……那由他的再生能力比其他的 CHILD 更高強，就像電玩遊戲裡的魔王一樣。除非把他打成蜂窩，否則要擊敗他恐怕不容易。」

斗志雄舔舔嘴唇說。

「既然你跟那由他是朋友，要你殺掉一隻外表跟他很像的 CHILD，一定會下不了手。所以，由我來殺他就行了。」

「不行！」

「不行？為什麼？」
「因為，那傢伙還是中學生，個性也很溫和。」
「那是過去他身為人類的時候，不是嗎？」
「話、話是沒錯，可是……」
「喂、喂！你老是這麼天真，很快就會沒命的。你不知道很多人就是被佯裝成人類的CHILD殺死的嗎！」
聽到斗志雄這麼說，雅人咬緊嘴唇，腦海裡浮現還是小學生的那由他。
那由他擅長體操，大家都期待他將來能成為金牌選手。雅人還記得那由他在國小的體育館裡擺動身體，騰空翻身的姿勢，真是美極了。
每次聽到雅人的讚美，那由他總是露出羞澀的笑容。可是現在，CHILD的臉卻和那張稚嫩的笑臉重疊一起。
——那由他……你已經不是人類了嗎？
這時，亞沙美帶著一名穿著T恤的少年走向斗志雄。她挺直身體，張開唇形工整的嘴說：
「神崎隊長，我帶來一名想加入部隊的志願者。」
「好！想加入我們的部隊，表示是高中生囉？」
「是的。已經檢查完畢，確認他不是CHILD。」
「這種事情看一眼就知道了吧。」
斗志雄看著站在亞沙美後面的少年說。

「你好，叫我斗志雄就行了。雖然亞沙美硬是要叫我神崎隊長。」

「是、是的，請多指教。」

少年有禮貌地點頭致意。

「你就是神崎斗志雄嗎？」

「嗯……咦？你……」

斗志雄正在打量少年的瞬間，他的右手突然朝斗志雄的臉伸出。斗志雄敏捷地撇頭閃過，只有幾根頭髮飄落地面。

看到少年突如其來的舉動，雅人嚇得楞在當場。周圍的少年們也瞠目結舌，視線全部集中在那個人身上。

少年稍稍壓低姿勢，右手伸到胸前，手上還握著一把刀。

「真有你的……」

少年的眼睛瞇成一條細線，舌頭從嘴裡伸了出來。

「雖然沒有把握一刀斃命，不過怎麼只削斷幾根頭髮呢，真是的！」

「你是再生的信徒吧？」

對於斗志雄的質問，少年點頭回應，定睛地看著他。

「沒錯。聽說你可以用肉眼辨識 CHILD，所以我特地來殺你！」

聽到少年這麼回答，亞沙美隨即採取行動。兩撮長髮隨風飄逸，動作俐落地朝少年的背後飛踢而去。

少年先一步察覺，反身往亞沙美的腹部回敬一腳。亞沙美的臉因為疼痛而皺起，雙腳跪倒在地。少年順勢把刀伸向她的脖子。

「危險！」

雅人大喊，衝上前抱住亞沙美。兩人的身體糾纏在一起，在地上翻滾起來。

再度抬起頭時，少年已經轉而和斗志雄對峙。雅人背後傳來少年的聲音。

「小蝦米們，仔細看吧，你們的隊長就要死在你們面前啦！」

「哼哼，又不是CHILD，還敢說大話。」

斗志雄放下雙手，嘴唇兩端向上揚起。

「跟這麼多人對戰，你以為你還能活著嗎？」

「當然。這房間裡好像沒有武器，而且除了你以外，其他的人全都是一群蝦兵蟹將，我靠手上這把刀就足以殺光你們啦。」

「真想看看呢，看來我也得拿出真本事才行。你們通通不准插手，這傢伙我要親自殺了他。」

斗志雄的話引起現場一陣騷動，所有人的目光都集中在他和那名少年身上。

「那麼，請亮幾招來瞧瞧吧。」

斗志雄若無其事地靠近少年。少年右手拿刀，朝斗志雄的脖子伸出。斗志雄閃過攻擊，繼續往前。

他的手抓住少年T恤的同時，少年的刀也幾乎觸及斗志雄的心臟。

「你太大意了。」
斗志雄的左手抓住少年的手，刀子應聲落地。
「遊戲玩完啦。」
「這可不一定喔！」
少年的左手往斗志雄的側腹一擊。瞬間，斗志雄的臉歪了一下，雙方同時往後跳，將距離拉開。
少年狡猾地笑笑，隨即舉起左手，指尖夾著像釘子般的突出物。
「你該不會以為我已經沒有武器了吧？」
「哼，居然藏了暗器。」
鮮血從斗志雄的迷彩服滲了出來。
「神崎隊長！」
「不用擔心，亞沙美。」
斗志雄伸出右手，阻止正要上前的亞沙美。
「小擦傷而已，不礙事。」
「的確只是小擦傷，不過我已經看出你的實力了。」
「實力？」
「沒錯。論戰鬥能力，我絕對比你強！」
男子伸出舌頭笑著說。

「我是再生的戰鬥班，殺過的人不計其數。因為我外表看起來像高中生，所以大家都對我毫不設防。」

「難怪，我就覺得不對勁。你已經20幾歲了吧？」

「答對了。要獎品嗎？如果你乖乖不亂動的話，我可以讓你死個痛快喔。」

「開什麼玩笑，我還不想死呢。」

「那麼，這房間裡的人要一起上嗎？」

「沒那個必要。別說是我了，你連這房間裡的一個人都殺不死。」

「連一個……都殺不死？」

像是冰凍的聲音在房間裡迴盪著。

「你這話可真有趣。別忘了，剛才單挑的時候，你還輸給我呢，隊長大人。」

「單挑？你明明有使用武器，還用了好幾種，可是我正在休息，而且還是徒手。」

「那不是問題，不管用什麼手段，只要打贏就行了。」

「喔，咱們看法一致呢，我也是這麼想。」

像獠牙般的虎牙，發出喀哩喀哩的聲音。

「等我殺掉你之後，再去殺光那些CHILD！當然，也包括那由他。至於冰室香鈴嘛，因為必須從她那裡問出情報，所以會暫時拘禁起來。」

「把香鈴大人拘禁起來？你是在痴人說夢。」

「……這可難講喔，我們知道冰室香鈴就藏匿在札幌。」

「……你怎麼知道這件事？」

「你說……呢？反正你都快死了，知道那麼多也沒用吧。」

「胡說八道，要死的人是你們！倖存下來的人類，會被CHILD統治。我們再生教團為了解救適合生存在地球上的生物，已經有自我犧牲的覺悟了。」

少年布滿血絲的眼睛，在房間裡來回地看著。

「自私自利的人類在肉體消滅之後，精神也會跟著消滅。只有擁有崇高的精神，才能永遠存在於這個美麗的星球。」

「你在胡說八道些什麼，我完全聽不懂。再生的信徒老是喜歡說這些莫名其妙的話。」

「這表示你的精神已經腐敗到連救贖的語言都聽不懂了。你果然還是非死不可。」

少年舉起右手，亮出一把新刀子對著斗志雄，一步步向前靠近。

「那麼，繼續剛才的遊戲吧，你有什麼遺言要說嗎？」

「嗯，遺言嗎……」

斗志雄像在觀察似地打量少年。

「時間應該差不多了。」

「時間差不多了？你、你在說什……麼……」

【9月26日（星期日）凌晨3點10分】

少年的說話聲突然中斷，手上的刀子和暗器也掉落在地。

「啊……咕……噗咕！」

紅黑色的鮮血從張開的口中流出。

「你……你做了什麼……」

「也沒什麼大不了的事啦。」

斗志雄高舉彎起的右手，展示纏在上面的一條銀色項鍊。他用手指抓著套在項鍊上的鑽戒，呼地嘆了一口氣。

「我只是把你脖子上的那條項鍊偷過來而已。上面套了一個鑽戒，非常重要的那條。」

「你……」

「呃，剛好懲罰的時間又快到了，所以我就在想，不如讓你接受國王遊戲的懲罰還比較有效率。話說回來，都怪你自己太缺乏危機意識了。身為再生的信徒，應該知道身上沒有鑽石會受到懲罰，你卻沒發現自己的項鍊被偷走了。」

「臭……臭小子……」

少年一步步逼近斗志雄，雙腳不停地顫抖。鮮血沿著腳流到地面，白色的地板很快變成了血紅色，向前伸出的手瞬間折斷，接著整個人趴倒在地。血沫嘩啦啦地向四周飛濺。

斗志雄面無表情地盯著倒在地上的少年。

「這次的懲罰好像是大量失血而死呢。」

「他已經死了嗎？」

聽到雅人的問話，斗志雄張開緊閉的雙唇回答。

「嗯。已經沒有呼吸，應該是死了吧。居然栽在自己人想出來的國王遊戲懲罰，真是活該。」

「……你一開始就打算這麼做嗎？」

「不，本來我只想用一般的方法殺他，可是這傢伙太厲害了。我想他應該鍛鍊很久了。」

「沒想到你會用這種方法打贏這麼厲害的傢伙……」

雅人看著渾身是血的少年屍體。少年的臉滿是皺紋，四肢乾癟得像個老人。因為大量失血，藍色牛仔褲和T恤都被鮮血浸濕了。

雅人的舌頭在乾渴的口中動了幾下。

——斗志雄果然是狠角色。這個少年身手高強，卻還是輸給斗志雄。世界上居然有這麼厲害的高中生……

「好……好厲害。」

「談不上厲害啦，要是對方有槍的話，我也沒轍啊。」

斗志雄抓抓頭說。

「對了，你不也受傷了嗎？」

「咦？我嗎？」

雅人檢查了一下自己的身體，發現左手臂上有一道像是拉了紅線的傷口。大概是剛才保護亞沙美的時候，被少年的刀劃傷了吧。

亞沙美面色驚慌地往雅人跑去。

「你、你不要緊吧？」

「嗯，血好像止住了，沒問題。」

聽到雅人的回答，亞沙美放心地嘆了口氣。

「下次不要做這種傻事，我自己會避開的。」

「啊……對、對不起。」

看到雅人低頭致歉，亞沙美的眉毛動了一下。

「你道什麼歉啊！」

「咦？那我該怎麼做才好？」

「……哎呀，算了。」

看著臉頰鼓漲的亞沙美，斗志雄忍不住笑了。

「兩位看起來挺投緣的，不如交往看看吧？」

「神崎隊長，別開玩笑好不好！現在不是想那些事情的時候。而且，我也不想跟這個少根筋的天兵交往。」

「是嗎？之前妳不是對雅人在國王遊戲中的表現讚不絕口嗎？還說什麼，幸好有他出面呼籲，日本才能得救……」

「啊……那是……」

亞沙美的臉頰，頓時像熟透的蕃茄一樣漲得通紅。

「哎呀，總之我是不可能和這傢伙交往的啦。」

「這樣啊。那雅人你呢？」

斗志雄轉頭看著雅人。

「你也知道亞沙美是個大美人，兩撮馬尾的髮型也很討喜不是嗎？」

「不，我有女朋友了。」

「她不是已經死了嗎？」

「是的，可是我的女朋友只有美咲一個人而已。」

雅人毫不考慮地這麼回答。聽到他的回答，亞沙美的表情難掩失望地說：

「瞧，這傢伙也沒有那個意思啊。你就別再糗我們了啦，神崎隊長。」

「好好，我知道了。的確，眼前還有比談戀愛更重要的事。那麼，時間也差不多了……」

斗志雄從迷彩服口袋裡取出智慧型手機的同時，簡訊鈴聲響了起來。雅人、亞沙美，還有房間裡男生們的手機，也全都傳出簡訊鈴聲。

雅人神情凝重地看著智慧型手機的螢幕。

第3章

命令7

9/26 [SUN] AM 03:15

【9月26日（星期日）凌晨3點15分】

【9／26星期日03：15　寄件者：國王　主旨：國王遊戲　本文：這是所有居住在北海道的人所進行的國王遊戲。國王的命令絕對要在24小時內達成。※不允許中途棄權。※命令7：所有人分成天使、撒旦和人類。撒旦要殺死天使。人類要和天使合掌。如果不服從命令，將受到懲罰。還有，各種角色的分配比例是天使1％、撒旦4％、人類95％。　END】

「天啊……這是什麼命令？」

雅人還在喃喃自語的瞬間，突然感覺到右手臂像是被針扎到的刺痛感。

「唔……」

他皺著眉抬起右手看，上面浮現出像蚯蚓般的淡粉紅色字體。那是用片假名寫的『天使』。

——天使？這表示我是天使嗎？可是，簡訊上寫著天使只有1％。機率這麼低，我卻被選上了？

右手臂上浮現的文字顏色越來越淡，很快就消失了。他抬起臉，發現房間裡所有人也都看著自己的右手臂。

斗志雄拍拍雅人的肩膀說。

「看來，這就是這次的命令了。」

「斗志雄，你的手臂也有浮現文字嗎？」

「嗯，我的是『人類』。不過字很快就消失了。」

「我是『天使』。」

「喂，你真是的！」

斗志雄吃驚地看著雅人。站在他背後的亞沙美抬起眉頭，往雅人跑過去。

「拜託，你是傻瓜嗎！」

「咦？怎麼了！」

「你還不了解命令的內容嗎？『天使』會遭到『撒旦』的追殺啊！『撒旦』要是不殺死『天使』，自己就會到受到懲罰。」

「可、可是，在這裡的每個高中生都是好伙伴不是嗎？」

「如果我們之中有『撒旦』，就算是好伙伴，也有可能為了逃避懲罰而殺人啊。所以我說，你這個人實在太天真了。」

「說都說了，後悔也來不及了。」

斗志雄安撫著滿臉怒氣，不停責怪雅人的亞沙美。

「那麼，雅人，你把右手舉起來。」

「嗯，好。」

雅人舉起右手後，斗志雄也舉起右手與他合掌。

「這樣，我這個『人類』等於順利達成命令了。你們也快來跟雅人合掌吧。這裡大部分的隊員應該都是『人類』才對。」

房間裡的男生們聚集到雅人面前，斗志雄則是雙臂交叉地站在雅人旁邊。

「這樣就能避免最糟糕的情況了。」

「最糟糕的情況？什麼意思？」

「那還用問嗎？要是我們之中沒有『天使』的話，大家就要受懲罰了。」

「不可能有這種事吧。」

雅人繼續舉著右手，反駁斗志雄的話。

「我想，這棟建築物裡面少說也有1千人以上。以機率來看的話，『天使』應該有10個人吧。」

「如果他們都能像你一樣表明身分就好了。問題是，一旦承認自己是『天使』，就會成為『撒旦』的獵殺目標。」

「啊……對喔……」

「真是的，與其說你缺乏危機意識，倒不如說你太信任別人了。如果我是『撒旦』，你的小命早就沒啦。」

「……如果你是『撒旦』，真的會殺我嗎？」

「會啊。在沒有其他方法的情況下，為了活命只好痛下殺手囉。」

斗志雄伸出食指，頂了一下雅人的胸膛說。

「我跟你不一樣，我這個人很愛惜自己的生命。為了活下去，就算要殺人也在所不惜。」

「我也很愛惜自己的生命，可是我絕不會殺人！」

「喔？那麼，如果你是『撒旦』會怎麼做？」

「我會想辦法找出香鈴，破解國王遊戲的懲罰。這樣就沒有人必須死了。」

「就是因為辦不到，所以到目前為止才會死那麼多人不是嗎？」

「這……」

雅人抿著嘴，看著地面。

「可是，我實在無法殺人……」

「唉，算了。幸好，現實中你並不是『撒旦』，而是『天使』，不需要殺人。至少，在這次的命令是這樣。」

「這次的命令……？」

「是啊。下次會是什麼命令沒有人知道，所以一定要盡快找出冰室香鈴。否則她一再發出這樣的命令，後果非常可怕。就像現在，北海道已經陷入恐慌之中。『人類』急著尋找『天使』，『撒旦』也在尋找『天使』，可是他們的目的不一樣。『天使』一定也很掙扎，不知道是否該冒著被『撒旦』獵殺的危險，出面拯救『人類』。」

斗志雄說完，房間裡變得靜悄悄。

【9月26日（星期日）凌晨4點13分】

「你真的要到外面去？」

會議室裡，藤澤驚訝地從椅子上站起來。

「外面的狀況和廳政府不同，到處都有『撒旦』伺機獵殺『天使』，你出去的話一定被盯上的。」

「不管多危險我都要出去，因為只有這樣才能救更多人。」

雅人堅定地看著藤澤說。

「我和廳政府內的所有人合過掌了，包括附近的軍隊在內，所以我已經沒有必要繼續留在這裡。」

「可是，廳政府裡面比較安全，你可以在重重戒備之下和『人類』合掌，這樣既安全又有效率啊。」

「這個任務就交給另一名『天使』吧。不是有一名女性也承認自己是『天使』嗎？」

「是的，聽說她是看到你和職員們合掌才鼓起勇氣承認的。因為職員中可能有『撒旦』潛伏，所以我事先派了可靠的部下去保護她，絕不讓她遭到殺害。」

「既然這樣，我就更可以放心地到外面去了。我要去拯救那些無法到這裡來的『人類』！」

「是嗎……」

藤澤皺起粗厚的雙眉說。

「看來你是不會改變心意了。那麼，我把外面的狀況說給你聽吧，那些『撒旦』正到處隨機殺人。」

「隨機殺人？你是說，他們不只殺『天使』，連『人類』也照殺不誤嗎？」

「是的。剛開始的時候，他們只殺那些行為疑似『天使』的人，可是『天使』的數量實在太少，而且他們也會提高警覺。為了殺死潛伏的『天使』，『撒旦』只好隨機殺人，殺越多越好，這樣殺到『天使』的機率也會增加。」

「簡直是胡來！因為不知道自己是否殺了『天使』，所以要一直殺下去嗎？」

「你說得沒錯。我想，這就是冰室香鈴的目的。」

這時，藤澤從站在一旁的部下高倉那裡接過一張白紙。

「上次的鑽石命令死了很多人。因為我們發出去的鑽石，幾乎都是假的。」

「藤澤知事……」

「你要責怪我嗎？」

「……不是的。我的確有過這樣的念頭，可是我自己也想不出更好的替代方案。為了避免情況一發不可收拾，只有出此下策了。」

雅人握緊拳頭，硬擠出聲音說。

「可是，我真的很不甘心！心裡很想救大家，卻又無能為力。救了這個人，另外一個人就會死。」

「我的心情跟你一樣。身為知事的我，有義務要保護北海道的老百姓，可是結果就像你現在看到的，有那麼多人被我害死。」

藤澤的身體微微地顫抖。

「……但是，這一切都是不得已的。這麼做是為了救更多的人。」

「是的，我也是這麼想，所以才要到外面去。這是我身為『天使』的使命！」

——沒錯。現在大家一定要同心協力，攜手克服這個危機才行。而我現在能做的就是盡一己的力量，和更多人合掌。

看著雅人認真的表情，藤澤欣慰地點頭。

「好吧，既然這樣，我會派高中生部隊和你一起行動。你這個『天使』單獨行動的話，一定很快就會被殺死的。」

「這樣妥當嗎？」

「沒問題，搜索冰室香鈴的任務我會指派其他部隊去進行。你現在很需要高中生部隊的協助，尤其是隊長神崎斗志雄的力量。」

藤澤看著天色逐漸昏暗的窗外說。

【9月26日（星期日）清晨5點3分】

步出北海道廳政府時，天空只露出微弱的光亮。馬路的對面傳出了吵嚷的人聲。

「看來，另一個『天使』也開始行動了。」

陪在雅人身邊的斗志雄說。

「那棟房子戒備森嚴，而且很多士兵看守。反觀我們這邊只有32個人，卻要在危機重重的戶外遊走……」

「這趟任務這麼危險，你們卻願意陪我一起行動。」

雅人看了一眼斗志雄說。

「其實，你們大可以拒絕的。」

「哈哈！這種程度的危險只是小意思，我們當然要陪著你，因為死亡率幾乎是零啊。」

「你還真有自信呢。」

「是啊。再說，跟你一起行動比較刺激。」

「刺激？」

「不要裝出那麼可怕的表情嘛。」

看著皺眉頭的雅人，斗志雄眯起眼睛笑著說。

「你一定覺得我這個人很輕浮吧。可是你想想，以目前的情況來看，最重要的是該怎麼做才對吧？一臉憂心忡忡，只會逃避的人，和我這個殺死好幾隻CHILD、個性吊兒郎當的傢伙比起來，你說誰對人類比較有幫助？」

「這個……」

「雅人，你是那種仔細考慮過後才會採取行動的人，這樣的確很了不起，不過膽識不足。」

斗志雄狡猾地笑笑，然後揪起雅人的T恤說。

「話說回來，你不穿迷彩服沒關係嗎？穿T恤和牛仔褲反而醒目呢。」

「就是這樣才好。在迷彩服的團體中穿便服的話，民眾一眼就能看到『天使』了。」

「可是，這樣很容易成為『撒旦』獵殺的目標喔。」

「沒關係，反正有你們在四周持槍警戒。」

「這樣好嗎？還是小心一點吧。對那些被指定為『撒旦』的人而言，被槍打死或是受國王遊戲的懲罰而死並沒有差別。那些為了活命不惜殺人的傢伙，一定會挑上你的。」

「為了活命，不惜殺人……」

雅人沙啞地喃喃自語著。

——為了活命，所以必須殺人。一般人都是這麼想的嗎？如果是這樣，人類也許真的比CHILD還不如吧。

他低頭看著幾隻在石板路上來回爬行的螞蟻。

——對這些小傢伙來說，由我們人類統治地球比較好嗎？或者，活在CHILD統治的世界會比較幸福？

站在後面的亞沙美，用力拍了一下雅人的肩膀。

「喂！在發什麼呆啊！就算有我們保護也不能掉以輕心，不然很快就會沒命的。」

「啊，是，知道了。」

「你真的知道問題的嚴重性嗎？我們可是捨命陪君子耶，要是你輕易死掉的話，我們會很難交待的。」

斗志雄對抱怨個沒完的亞沙美說：

「所以，妳要好好保護雅人啊。」

「我知道。這傢伙要是死掉的話，無法和『天使』合掌而受罰的人就會變多。」

「妳說得沒錯。那麼就由妳和……喂、耕太！」

斗志雄對著一名個頭矮小，正在執行警戒的少年叫了一聲。那名叫耕太的少年趕緊往斗志雄這邊跑過來。

「是、是！請問有什麼吩咐？」

「嗯，你和亞沙美負責保護雅人的人身安全。」

「保護雅人的人身安全？」

「是的。你們兩個是最後防線，一旦發生緊急情況，你們可以自行決定採取任何行動，不需要等我下令。」

「是！」

耕太走到雅人面前，低頭鞠躬。

「請、請多指教。我叫平石耕太。能和雅人兄一起行動是我的榮幸！」

「榮幸？」
「是的，託雅人兄的福，我才能拿出勇氣來。」
耕太的眼神散發出光輝，他握住雅人的手說：
「3個月前發生國王遊戲的時候，我本來想選擇『只有高中生存活的世界』。因為不這麼做，自己就會受到懲罰。可是最後還是決定聽從你的呼籲，選擇『讓高中生以外的人存活的世界』。」
「原來如此。對不起，我不記得見過你。那時候你距離我很近吧？」
「當時你被許多高中生包圍，沒看到我也是理所當然的。可是我記得很清楚，你發出呼籲時的偉大身影！」
「我沒你說的那麼偉大啦。」
雅人搖頭否認。
「我只是把大家心裡的話說出來而已。認為這世界上，有比自己生命更重要的事物，這就是人類了不起的地方！」
雅人就像是在對自己說話一般。
「你不是也一樣，為了拯救更多的人才加入部隊的嗎？」
「是的！雖然我不像神崎隊長那麼厲害，可是我很想多救一些人。」
「既然這樣，我們一起加油吧。呃……你叫耕太是吧？以後叫我雅人就行了，沒關係的。」
「是，雅人兄。」

「喂，你怎麼又叫雅人兄呢！」

「啊……」

斗志雄笑著伸手搔了幾下滿臉通紅的耕太的頭髮。

「這小子就是這麼崇拜你，由他當你的貼身護衛再適合不過了。耕太一定會盡全力保護你的安全。」

話一說完，斗志雄轉而看向其他部下。

「聽好！不想死的話，就要拿出鬥志來！」

「是！」

少年們一臉緊張地齊聲回答。

【9月26日（星期日）上午8點13分】

來到舊社區的入口處，雅人他們搭乘的吉普車便停了下來。雅人走下車，亞沙美和耕太立刻跑到他身邊，拿著槍站在左右兩邊警戒。

坐在前一輛車的斗志雄，把擴音器丟給亞沙美。毫無準備的亞沙美手腳忙亂地接住。

「神崎隊長，這個要做什麼？」

「那是擴音器！妳知道我的意思吧？由妳向民眾宣布『天使』在這裡。」

「為什麼要由我來說？」

「這就是女人的好處啊。比起男人，女人的聲音比較能安撫人心。」

「……喔，我知道了。」

亞沙美嘆了口氣，嘴巴對著擴音器。

「咳——咳——這裡是北部方面隊所屬的獨立部隊。我們帶來了在這次國王遊戲中被指定為『天使』的人。如果附近有『人類』的話，請到這邊集合。」

亞沙美把擴音器從嘴邊拿開的同時，社區裡頓時出現十幾名男男女女往他們跑來，每個人臉上都帶著驚恐的表情。一名中年男子對著亞沙美說：

「對不起，你們真的有『天使』嗎？」

「是的，就是這位……他就是『天使』。」

亞沙美指著雅人說。男子的眼神瞬間發亮，走向雅人。

「你、你真的是『天使』嗎？」
「是的。我的手臂上曾經出現過『天使』的字樣。現在已經消失了。」
「啊啊啊啊啊！」
男子發出像是在怒吼一樣的叫聲。他把手伸向雅人，雅人緊緊地握住。男人的淚水如瀑布般奔流而下。
「謝、謝謝你，我還以為沒希望了呢。」
「這附近難道沒有『天使』嗎？」
「被殺死了。」
「被殺死……？」
聽到雅人喃喃自語，男子的臉揪了起來。
「我住的那棟大樓，本來好像有一個被指定為『天使』的女中學生，可是她和幾個人合過掌之後，就被『撒旦』殺死了。」
「這麼快就被殺死了？」
「殺死女孩的人，就是她哥哥。」
「哥哥？你是說哥哥殺死自己的妹妹？」
「是的。『撒旦』哥哥不但殺死了『天使』妹妹，還把責怪他的父母也一起殺了。現在，那個人躲在社區的家中，不再出門了。」
「他沒有被拘禁起來嗎？」

「已經……沒有那個必要了。」

男子抬頭望著自己剛才走出來的社區大樓。

「他達成了國王遊戲的命令，應該不會再殺人了。」

「是嗎……說得也是。」

「總之，請你也和其他人合掌吧。拜託你了。」

「當然！我就是為了這個目的而來的。」

雅人再一次把自己的手和面前男人的手合在一起。

「請大家照順序排隊！」

亞沙美拿著擴音器，大聲向民眾呼籲。

「我們會留在這裡，直到全部的人都和『天使』合掌為止。請大家放心！」

聽到亞沙美的話，在雅人面前排隊的人龍發出陣陣安心的嘆息聲。一旁的斗志雄盯著左手上的手錶說：

「按照這個速度來看，10點之前應該可以離開這裡。」

「接下來要去哪裡？」

雅人一面和中年女子合掌，一面這麼問。

「首先是3公里以外的小學避難所。很多人跑去那裡避難，應該會有『天使』才對，就怕他們擔心遭到『撒旦』的獵殺，而不敢公開承認。」

「就算不公開承認，還是可以和大家合掌啊，假裝若無其事地合掌就行了。」

「是啊，不過四處搜尋『天使』的『撒旦』，一定會察覺其中有異而殺了那個人。現在，『撒旦』為了達成命令，可以說是豁出去了。」

「可惡！竟然下這種命令！」

雅人的腦海裡，浮現發出鈴聲般笑聲的香鈴。

——香鈴一定巴不得『天使』不要救『人類』，『撒旦』殺死『天使』吧。

想到這裡，雅人有種萬蟲鑽身的作嘔感。

正在這麼想的時候，不知不覺間排隊的人龍只剩下寥寥幾人而已。這時，一名穿著白色衣服的年輕女孩走到雅人面前，笑笑地舉起右手。

瞬間，槍聲響起，女孩的身體往後震飛。

「啊……」

雅人的右手還停在半空中，嘴巴楞楞地開著。掉到幾公尺外的女孩身體，突然又動了一下。

她搖晃著飄逸的長髮，吃力地撐起身體。

白衣服上面的紅漬，很快地向外擴散。

「嗚……嗚嗚……」

女孩發出嗚咽聲，眼睛瞪著持槍站在雅人身旁的斗志雄。

「為……為什麼……」

「為什麼？『撒旦』本來就該殺。」

斗志雄冷冷地看著那名女子說。

「妳的笑容是裝出來的吧？剛才在排隊時，妳看雅人的眼神就像野獸看到獵物一樣，充滿了殺氣。還有左手的動作。妳伸手去拿上衣口袋裡的刀子的動作，是一大失誤。」

「唔……」

女子的眼眶流下了淚水。

「為什麼……為什麼我是『撒旦』？……我根本不想殺人啊……」

「我想也是，因為我看出妳的猶豫了。可是，妳最後還是決定殺死『天使』，可惜行動失敗了。」

「快……快叫醫生來……」

「沒用的。妳還能夠像這樣說話已經是奇蹟了，妳還是死了吧。」

「……怎麼……會這樣……」

「妳沒有錯。妳是為了活命才會這麼做，不需要有罪惡感……啊、已經死了嗎？」

斗志雄走近仰臥的女子身邊，從她的上衣裡取出一把小刀。

「用這種小刀，是無法一刀斃命的。」

「你為什麼要殺她！」

雅人抓著斗志雄的迷彩服罵道。

「你不是發現她很可疑嗎？既然這樣，又何必殺了她呢！」

「喂，你在生什麼氣！我救了你一命耶！」

「我知道！可是應該有其他的方法啊！」

雅人看著倒在地上的女子說。女子眼睛半開，臉上還留有明顯的淚痕。

「這個人很煩惱，不知如何是好。她是不得已才決定殺我的啊。」

「所以我才殺了她啊，這是我的職責。」

「職責？」

「是啊。藤澤知事要我當你的護衛，就是要我保護你的人身安全。而且我可以感覺到對方的殺氣。」

「可是……」

「你這個人……太優柔寡斷了。再不改變想法的話，很快就會被殺死的。那些『撒旦』為了活命，什麼事都做得出來。『天使』身分已經曝光的你，現在可是他們活命的必要寶物啊！」

「……那麼，殺人也是必要的了？」

「沒錯。」

斗志雄將小刀丟到女子的屍體上。

「這個女人的確猶豫過要不要殺你，可是最後還是決定下手。她會這麼做，是理所當然的。」

「理所當然……」

雅人半張著嘴，啞口無言。

——這就是人類嗎？為了自己的生存，把殺人視為理所當然？

「我、我認為這樣是錯的！」

這時，雅人的背後傳來耕太的聲音。

「生命是很可貴。可是我認為並非全部的人，都會為了自己活命而去殺人。」

「這可難說喔。」

斗志雄抓抓頭。

「因為我們是『人類』，所以才會這麼想。換作我們是『撒旦』，這種清高的想法，恐怕馬上拋到腦後了吧。」

「可是，北海道廳的職員之中，不是也有人公開承認自己是『撒旦』嗎？」

「那些是已經放棄希望的人。也許他們也在期待，能在時限之前抓到冰室香鈴，解除命令。不過那跟等待神蹟差不多。」

「但是……」

「這就是人類。從某方面來說，地球由 CHILD 來管理，說不定對其他動物而言反而是好事呢。」

聽到斗志雄的言論，雅人的身體不由自主地顫抖。

「豈、豈有此理！CHILD 怎麼可能比人類還要優秀！」

「喔，你也會反駁啦?可是，這個世界上無可救藥的人多得跟山一樣高呢。」

「斗志雄，難道你認為再生的教義是對的嗎？」

「我倒是沒有這麼想。雖然大部分的人類比 CHILD 還不如，可是也有比 CHILD 能力高強的人類。」

「你是在說你自己吧？」

「哈哈，是啊。單純比力量的話，我是差了CHILD一截，可是我不會就這樣認輸的。只要懂得利用武器就可以彌補實力的差距。當然，還要靠腦力。」

斗志雄的手指咚咚咚地敲著自己的腦袋。

【9月26日（星期日）下午3點25分】

突然，搭載雅人的吉普車急踩煞車停下。

「咦？還沒到目的地啊。」

坐在雅人旁邊的亞沙美，對開車的男子說。

「前面的吉普車停下來了，好像是道路被封鎖了。」

「道路被封鎖？吉普車開不過去嗎？」

「沒辦法，前面一堆車子疊在一起了。」

「嗄？車子……」

亞沙美打開車門跳下來，雅人跟在她後面。就在停止的吉普車隊前方，有好幾十輛車子疊在一起。

疊起來的車牆超過3公尺高，路面完全被堵住。道路兩旁是濃密的樹林，就算開吉普車也難以通過。

「這是誰做的？發生車禍也不至於疊成這個樣子啊。」

「只有兩種可能。」

亞沙美提高警覺，查看四周。

「不是再生，就是CHILD搞的鬼。目的可能是要封鎖道路，限制我們的行動。」

斗志雄從最前面的吉普車跳下來，往雅人走來。

「雅人，小心一點，情況不太對勁。」

「不對勁？只是道路被封鎖而已不是嗎？」

「不，這附近的道路完全沒有看到屍體，連疊起來的車子裡面也沒有。」

「說不定被埋了吧。」

「有可能。不過，路面並沒有血跡，這點非常可疑。感覺好像有人故意在昭告這一帶很安全。」

「那麼還是調頭好了，反正也無法繼續往前開了。」

「嗯，盡快離開比較好……嘖、來了嗎？」

這時，車隊後方突然有大卡車疾駛而來，斗志雄趕緊轉開89式步槍的射擊選擇鈕。

「全員進入戰鬥準備！我一下令，立刻開槍。亞沙美、耕太，你們負責保護雅人。別忘了，一個『天使』可以救一千條人命啊！」

「是！」

亞沙美和耕太同時回答。

接近的大卡車像是要把路堵住一樣，把車身打橫後停了下來。後面的貨櫃門一打開，十幾名男女立刻一擁而出。帶頭的男子身材十分雄偉壯碩，雅人不由得雙眼圓睜。

男子沒有下顎，嘴巴的部分伸出好幾隻觸手，混著鮮血的黏液不間斷地滴落在胸前。男子身高超過2公尺，胴體足足有普通男人的兩倍以上。巨大的右手拿著一塊大鐵門。

他拿著鐵門遮住身體，一步步往雅人他們逼近。

「是CHILD！開槍！不要客氣！」

斗志雄一聲令下，現場頓時槍聲大作。巨漢用鐵門擋住身體，發出鏘鏘鏘的聲響。同一時間，樹林裡也傳出好幾聲槍響，身旁的幾個戰友應聲倒地。

雅人發現有好幾名面無表情的持槍男子，正朝他們接近。

「斗志雄！樹林裡也有敵人！」

「我看到了！你趕快逃吧！」

斗志雄一面開槍，一面跑到吉普車後面躲避。

「從左邊的樹林逃出去！在1公里外有一間大型購物商場，我們在那裡會合！」

「我也要留下來戰鬥！」

「傻瓜！你沒受過射擊訓練吧！少了需要被保護的人，我們比較容易行動！」

斗志雄舔了舔乾渴的嘴唇說。

「放心吧！等我把CHILD殺光之後，就會去接你！亞沙美、耕太，你們快帶雅人離開，絕不能讓他被殺死！」

「知道了！快走吧，雅人！」

亞沙美抓住雅人的手。

「唔！斗志雄，你可不能死啊！」

雅人跟著亞沙美一起跑走，耕太緊跟在後。

兩名身穿作業服的男子嘴裡吐出蠕動的觸手，張開雙手，像要擋住雅人他們的去路。亞沙美搶在雅人的前面展開連續射擊，男子們的觸手被打成碎肉，子彈穿入前額。

亞沙美他們一面從倒地的男子旁邊跑過，一面持續射擊。

「雅人，CHILD手上有槍！頭壓低！耕太，右邊的CHILD麻煩你了！」

「是、是的！」

耕太朝著不斷逼近的男男女女開槍射擊。

「雅人兄！快到前面去！由我來斷後！」

「知道了！你也要小心！」

雅人跟在亞沙美後面，往斜坡的樹林裡爬去。回頭看去，路上有好幾名身穿迷彩服的少年正在和CHILD搏鬥。

斗志雄以吉普車作為掩護朝敵人掃射，車子周圍已經躺了好幾具CHILD的屍體。

「他已經殺了那麼多CHILD啦……」

「雅人，神崎隊長可以應付的！倒是剛才那傢伙，他往我們這邊來了。」

聽到亞沙美的警告，雅人回頭看去。剛才那名巨漢正晃著巨大的身軀，爬上斜坡。從下顎的斷口處伸出的觸手在鮮血淋漓的T恤上蠕動著。面無表情的巨漢步步逼近，雅人突然感到一陣口乾舌燥。

「雅人兄，快點！CHILD的數量比預料的還要多！」

耕太焦急地搖頭表示。

「此地不宜久留！還是快逃吧！快點！」

「可惡！」

雅人他們穿梭在茂密的樹林間，死命地逃跑。

購物商場裡面半點人影也沒有。地上散落著一地的玻璃碎片和標籤未撕的衣服。雅人跑上停止運轉的手扶梯，直奔2樓的雜貨商店躲藏。

亞沙美拿槍對著商店的入口，緊閉的雙唇這才開口說話。

「好像暫時甩掉那傢伙了。」

「是啊。可是，說不定他看到我們跑進購物商場裡面了。」

雅人一面調整呼吸一面回答。

「要是被那個沒下顎的巨漢發現我們就糟了。耕太明明開了好幾槍，他居然沒死！」

「他還是人類時大概就是那種體格了。脂肪和肌肉又厚又結實，子彈恐怕無法射進心臟，只好瞄準臉的上半……不、瞄準頭部。」

雅人身邊的耕太點點頭，附和亞沙美的看法。

「嗯。可是瞄準頭的話，那傢伙一定會用那隻跟手套一樣大的手擋住吧?也許他猜得到我們要攻擊什麼部位。」

「身材那麼壯碩，頭部又有保護的話，的確很麻煩。CHILD 有再生能力，如果沒有打中要害，身體很快就會復原。那消失的下顎，不久之後也會長回來才對。」

亞沙美工整的雙眉皺了起來。

「總之，我們三個人出面戰鬥是非常不智的舉動，應該先找個地方躲起來，等候神崎隊長的支援。」

「有道理，的確沒有必要跟他們硬碰硬。」

雅人喃喃自語的同時，突然傳來了玻璃碎裂的聲音。雅人掩著嘴，從櫃子後面探出頭觀望，正好看到啪颯、啪颯地在走道上移動的巨漢頭部。他的右手拿著鐵棒，一對毫無情感的眼睛，不停地來回掃視四周。

「是那傢伙！巨漢就在那裡。」

雅人把頭縮回去，壓低聲音說。

「可惡……果然被他看到我們躲進來了。」

「沒關係，他還不知道我們躲在這裡。」

亞沙美轉動槍枝的射擊選擇鈕。

「這間購物商場的佔地很廣，玩躲貓貓對我們比較有利。運氣好的話，還可以近距離射擊他的頭呢。」

「如果只有他一隻倒還容易對付，就怕附近可能還有其他的 CHILD。」

「是啊，要是被聽到槍聲就麻煩了……」

「但是話說回來，用刀子對付那個巨漢也行不通。」

「比力氣的話，我們是絕對贏不了那傢伙的。」

「可惡！這時候不應該躲在這裡啊。」

雅人咬著牙說道。

——本來可以跟更多人合掌的。一定要想辦法快點逃出這裡才行……

看到雅人沉默不語，亞沙美伸手去摸他的臉，安撫地說：

「稍安勿躁，要是你死了的話，一切的努力就沒有意義了。」

「沒有意義……是嗎？妳說的也有道理……」

抬起眼睛往玻璃窗看去，只見外面是一片橘紅色的夕照。隨著周遭景物的顏色越來越黯淡，雅人的內心不禁更加焦急了。

【9月26日（星期日）晚間8點39分】

從窗戶透射進來的少許月光，映照出躲在購物商場架子後面的雅人一行人的身影。一旁的亞沙美靠近雅人的耳邊說：

「情況不太妙，雅人。」

「怎、怎麼了？」

「CHILD的數量好像增加了，因為手電筒的燈光比剛才還要多。」

「手電筒的燈光？」

雅人和亞沙美調換位置，從架子後面探出頭看。果然在視線前方，閃爍著好幾道手電筒發出的光束。

「糟了！好像往這個方向來了。」

「嗯，他們大概是在進行逐店搜索。對面的通道也有CHILD，真的很危險。」

「看樣子只有硬拼了。」

亞沙美一把抓住拿出刀子的雅人的手腕。

「先不要慌，還有別的辦法。」

她轉頭看向守在雅人後面的耕太。

「耕太，你跑的速度快不快？」

「嗄？跑的速度嗎？應該算慢的吧。」

「是嗎？那麼，還是我來好了。」
舔了粉紅色的舌頭後，亞沙美透過迷彩服，拍著自己的大腿說。
「我以前是田徑隊的短跑選手，速度比男孩子還快喔。」
「喂，難道妳要……」
雅人吃驚地看著亞沙美說。
「不要一副那麼奇怪的表情嘛，我只是去當誘餌而已。」
「誘餌？妳打算單獨行動嗎？」
「是啊，我跑出去引開他們。我會往一樓跑，到時候敵人一定會追上來，你們趁這時候趕緊往頂樓跑。那裡有路通往立體停車場，你們可以從那裡逃出去。」
「這怎麼行呢！我不會為了自己逃命，讓妳犧牲的。」
「犧牲？你不要咒我死好不好！」
亞沙美挑高眉頭說。
「我不是才剛說過嗎？我跑得很快。而且單獨行動，活命的機會比較大。」
「亞沙美……」
「我欠你一份人情，這次輪到我救你了。」
「……好吧，可是妳絕對不能死喔。」
「彼此彼此。耕太，雅人的安全就交給你囉。」
聽到亞沙美的話，耕太認真地猛點了幾下頭。

「那麼，待會兒再會合了。」

亞沙美深深吸了一口氣後，從架子後面跑了出去。來到通道後，亞沙美一面開槍，一面往手扶梯的方向跑。

幾名嘴裡伸出肉色觸手的男子，穿過通道往亞沙美的方向追去。

這時候，守在雅人背後的耕太，抓住他的肩膀說：

「雅人兄，我們也該行動了，跟在我後面。」

「你不要逞強，我也可以作戰的。」

雅人握緊手上的小刀說。

「CHILD的毒性對高中生無效，我們可以做近身肉搏！」

「現在還是逃命最要緊。你是『天使』，所以你的命並不只屬於你一個人的。」

「我知道了。不過話說回來，你……」

「咦？我怎麼了？」

「現在的你，比我們剛見面時要勇敢多了。」

「為了保護我所崇拜的雅人兄，當然要拿出勇氣來了。」

耕太靦腆地笑著說。

「而且，這是亞沙美副隊長交代的任務。別看她長得那麼漂亮，凶起來可是很恐怖的。」

「哈哈哈，說得也是。」

「那麼，我們快走吧。」

「好，拜託你了。耕太。」

雅人一路跟著耕太跑到通道上，這時，一樓那裡傳出槍聲和玻璃碎裂聲。雅人楞了一下，耕太趕緊呼喚他。

「雅人兄！不要停下來！」

「喔，好！」

雅人和耕太繼續往樓梯的方向奔馳。突然，一名中年女子冒出來，擋住了去路。女子揮舞手上的巨大菜刀，朝跑在前面的耕太劈下。

一陣槍聲後，那名女子的身體噴出了鮮血。

「唔唔……唔咳……」

血水沿著她的雙腳流到地板。不一會兒，女子整個人倒下來，脖子呈扭曲狀，張開的嘴裡伸出好幾隻觸手。

「哇啊啊啊啊！」

耕太一面大喊，一面朝女子的身體連開好幾槍。女子嘴裡的觸手斷成了好幾截，掉在地上像蛇一樣啪噠啪噠地來回鑽動著。雅人和耕太跑過躺在地上動也不動的女人身邊，朝樓上奔去。

「雅人兄，快……」

耕太話說到一半，突然沒了聲音，腳步也停下來。
「耕太，怎麼了……」
話還來不及說完，原本跑在前面的耕太，身體突然被踢到一旁。
「耕、耕太！」
來到3樓時，一個巨大的身影擋住了照亮雅人的月光。
「啊……」
雅人楞了一下，抬頭看著那名巨漢。巨漢緩緩地舉起手上的鐵棒。
「雅人兄，快逃！」
聽到耕太的呼喊，雅人的身體反射性地低下頭，閃過迎面飛來的鐵棒。
傳出一陣金屬的碰撞聲之後，樓梯的扶手應聲扭曲變形。
雅人壓低姿勢，往3樓的通道逃去。巨漢來回看著兵分二路逃跑的雅人和耕太後，轉而朝雅人的方向走去。手裡拿著的鐵棒前端在地上刮出一道痕跡，發出嘰嘰嘰的刺耳雜音。
雅人拿著刀往後退避。此時，巨漢背後的樓梯傳出跑步聲，一名手持鐮刀的女子往通道的另一邊，朝單腳跪在地上的耕太靠近。耕太把擺在旁邊的觀葉植物盆栽推倒擋住通道，同時給89式步槍換上新彈匣。
「雅人兄，你從那邊的通道跑去另一邊的樓梯！」
「好，我知道了！你也快逃……」
說到一半，鐵棒又往雅人襲來。腳下的磁磚地板發出像爆炸的聲響後碎裂飛濺。

「可惡！你這怪物！」

雅人轉身背對巨漢，迅速跑開。後面持續傳來槍響，似乎是耕太在對CHILD進行掃射。

「耕太……你千萬不能死啊！」

雅人加速跑過無人的通道，一口氣拉開了和巨漢的距離。

轉個彎之後，再繼續往樓上跑。來到4樓的通道時，雅人緊急停下腳步，因為他聽到有人下樓的聲音。

——太好了！成功甩掉了。繼續往頂樓移動。

雅人不發聲響地往頂樓跑去。

購物商場的頂樓，一個人影也沒有，只有花台上的植物，被寒冷的夜風吹得左右搖擺。

雅人觀察了一下四周，很快就發現緊鄰購物商場的那棟立體停車場，而且附近也沒有看到CHILD。

「好！先在這裡等耕太吧……」

背後的門突然被打開，巨漢又出現了，手裡拿著鐵棒在地上拖行，一步步往雅人逼近。

「嘖！這傢伙怎麼沒往樓下去呢！」

雅人嘖了一聲，拿起了小刀。

——這怪物既然到了頂樓，等一下耕太趕來的話，很可能會遭到攻擊。我得先殺了他才行……

巨漢消失的下顎流出透明的黏液，手裡的鐵棒朝雅人揮過來。空氣中發出碎裂的聲音，雅人的臉頰因為風壓而扭曲。

雅人忍住恐懼，拿著刀子往前突刺，可惜沒能觸及巨漢的頭部，反倒被對方手套般的大手從側面掃中了身體。

「哇啊！」

雅人的身體往後彈飛，連防止墜落用的鐵絲網圍欄都被壓凹了。表情痛苦的雅人忍住疼痛站起來，頭部立刻感到一陣暈眩。

「可、可惡……級數差太多了。我是輕中量級，這傢伙是重量級啊。」

鮮血沿著臉頰流下，一直滴落到地上。而巨漢就像追捕獵物的熊一樣，一步步逼近。

雅人用發麻的手握緊小刀，趁著巨漢再度揮舞鐵棒的同時，刺入他那水桶般的大肚腩。

可是巨漢的動作並沒有因此停止，舉起的鐵棒仍繼續朝雅人揮下。

雅人往前翻了個身躲開攻擊，隨即又繞到巨漢的背後。巨漢轉身回頭，同時用左手拔出插在肚子上的刀。

「沒對他造成重創嗎……？哼，就算這樣，我也絕對不會死在這種地方的。」

雅人舉起附近的一張木製椅子扔出去，拉開和巨漢之間的距離。正當他往花圃的落葉樹後面移動時，樹幹卻啪嘰啪嘰地折斷了。

「哇啊！」

斷裂的樹幹壓在急於逃命的雅人身上。當他撥開糾纏的枝葉，再度抬起頭時，巨漢已經來到眼前了。

「啊……」

看著在月光下微微發亮的鐵棒被高高地舉起，雅人體內的血液瞬間凝固了。

被這鐵棒打中的話，身體恐怕會被打碎，連命都沒了吧。

就在雅人以為自己必死無疑的剎那，一陣槍響在耳邊響起，鐵棒應聲落在巨漢的腳邊。

「噗啊……」

巨漢的頭偏向一邊，眼睛瞪著自己的右手。像手套般的大手只剩下拇指和小指，其他三根手指都被從根部打斷了。

「雅人兄！快離開那傢伙！」

槍聲再次響起的同時，耕太的聲音同時傳進雅人的耳裡。他往附近看去，發現耕太就站在巨漢的背後開槍。雅人趕緊跳離巨漢，繞到耕太的背後。

「耕太，謝謝你救了我。」

「對不起，我來遲了。剩下的交給我吧！」

耕太對著巨漢的頭部猛烈射擊。巨漢用大手和胳臂護住頭部，朝他們接近。看到在他胸扭動的觸手，雅人採取了行動。

他拾起掉在地上的小刀，朝巨漢衝過去。

「呀啊啊啊啊！」

雅人揮舞著刀子，在氣勢十足的吶喊聲中，巨漢的觸手前端斷成好幾截，黏稠的透明液體沾濕了巨漢的T恤。

「唔唔……唔噗……」

沒有下顎的嘴發出噁心的吼叫聲。

「還沒完呢！」

雅人拿刀刺入巨漢的側腹後，再以水平的方向劃開。黝黑的血沾濕了巨漢的T恤和牛仔褲。

「唔……唔喔……」

巨漢的雙手緊緊抓住雅人的脖子。雅人拿刀猛刺巨大的手，可是巨漢依然無動於衷，掐住雅人脖子的手變得更加用力。

「唔……耕太……他……他的頭……」

「我知道了！」

耕太站在雅人背後，朝巨漢的頭部連開數槍。巨漢的額頭瞬間迸開了好幾個洞，血沫往周圍噴濺開來。雅人掰開巨漢的手，和耕太一起跳開。

「耕太！那傢伙還沒死！繼續射擊！」

「子彈打光了！」

耕太拿著刀，搶在雅人的前面。

「雅人兄，你快逃。我來跟他拼就行了！」

「我要留下來戰鬥，一定要在這裡消滅他！」

雅人拿著刀子，站在耕太的旁邊說。

——要是現在不殺了這頭怪物，他的身體一定會復原，繼續殺更多的人，無論如何都要殺死他不可。

巨漢搖搖晃晃地逼近，他的左眼球被打爆，上半部的臉全部是血。換作是普通人的話，恐怕早就死了吧。

看到CHILD如此可怕的生命力，雅人的額頭不禁流下冷汗。

巨漢來到雅人面前，張開巨大的雙手。瞬間，一聲槍響後，巨漢的動作停止了。

「咦……」

雅人抬頭看著停止不動的巨漢，鮮血從他的頭部汩汩地流出。接著，龐大的身軀緩緩地傾斜，砰的一聲倒在雅人的腳邊。

一臉驚訝的雅人背後，傳來了熟悉的聲音。

「真是千鈞一髮啊。」

回頭看去，發現手中握著槍的亞沙美，就站在連接立體停車場的那條通道上。她揚起細緻的雙眉，往雅人走過來。

「拜託你不要亂來好不好，就憑你手上的刀子，怎麼跟那種怪物對打？」

「我以為差一點就能打倒他了。對了，妳怎麼會來這裡？不是說要在隔壁的郵局會合嗎？」

「神崎隊長來支援，他們將購物商場周邊的CHILD全數殲滅了，應該很快就會趕來這裡。」

「是嗎？斗志雄他……」
雅人氣力耗盡地坐在地上。
「哈、哈哈，總算是得救了。」
轉頭往旁邊看去，耕太的雙手和雙腳拄著地面，喘得非常厲害。
「耕太！你不要緊吧？」
「是……是的。雅人兄你呢？」
「我還好，只是全身都在發疼。」
雅人拍拍耕太的肩膀說。
「多虧有你我才能活著。要是沒有你的話，我恐怕早就被殺死了。」
「哪、哪裡。我把子彈都打光了，真的很抱歉。」
「那又沒什麼，不需要道歉。我才要謝謝你呢，耕太。」
「咦？怎麼沒有謝我啊？」
亞沙美湊近雅人的臉說。
「要不是我及時出現，你們兩位早就沒命了吧。」
「是啊，當然。我也很感謝妳，亞沙美，謝謝。」
「呵呵。知道要感謝我就好了。」
看到挺直身體，一臉自豪的亞沙美，雅人不禁莞爾。
「像這樣子，真好。」

「像這樣子？」

「嗯。就是能認識你們這些值得信賴的朋友啊。」

像是在支持自己的發言似的，雅人連續點了好幾個頭。

「我實在不想再看到伙伴死去了。你們千萬不能死喔。」

「……雅人。」

「啊……對不起，把氣氛弄得這麼感傷。」

「就、就是啊。」

亞沙美拍拍雅人的頭說。

「我想我們應該不會死的。對吧，耕太。」

「呃……是、是啊。」

耕太結結巴巴地回答。

「不過照這情況下去，我遲早都會死吧……」

「不可以這麼想！我絕對不會死！要抱著這樣的信念才行！」

「是、是！」

「喂，妳不要再凶耕太了啦。」

看到亞沙美又要開始責罵耕太，雅人趕緊勸阻她。

「妳就是這樣，難怪耕太那麼怕妳，覺得妳是隻母老虎……啊……」

「雅人兄！」

耕太發出討饒的哀嚎。亞沙美瞪大眼睛看著耕太。

「喔——耕太，原來你是這麼想的啊……」

「沒、沒有，不是啦。」

「可是，剛才雅人是這麼說的啊。」

「那、那是……」

看到耕太用含恨的眼神瞪著自己，雅人趕緊合起雙手，不停地向他點頭道歉。

【9月27日（星期一）凌晨2點43分】

「還有沒有『人類』？」

在老舊的國小體育館內，亞沙美大聲地喊著。一名頭髮灰白的男子出現在體育館，他舉著一隻手朝亞沙美走過來。

「大家都合過掌了，真的非常感謝你們。」

男子向站在亞沙美旁邊的雅人，深深地鞠躬致謝。

「我本來已經有了覺悟，要接受國王遊戲的懲罰。沒想到在最後的時刻，居然有『天使』降臨我們這間小小的避難所。」

「別這麼說，這是身為『天使』的我必須做的事情。」

雅人搖搖頭說。

「我原本希望能和更多人合掌的……」

「你已經盡力了，雅人。」

亞沙美的手輕輕地放在雅人的肩膀上，安慰他說。

「附近的避難所我們都去過了，也用擴音器呼籲大家，我想這一帶應該沒有『人類』了。」

「不知道『撒旦』怎麼樣了？」

「神崎隊長就守在體育館入口，那些偽裝成『人類』的『撒旦』，全都被關起來了。其中有幾個好像很生氣。」

「那些人都會受到懲罰吧。」

「會吧。因為到目前為止，都還沒有傳來冰室香鈴落網的消息。」

「是嗎……」

雅人喃喃自語著。體育館裡面的光線漸漸暗了下來，在手提照明的燈光下，雅人的臉色蒙上一層慘白。逃到這裡的難民都和『天使』雅人合過掌，所以每個人的心情還算平靜。

「雅人兄、亞沙美。」

耕太從體育館的入口處跑過來。

「神崎隊長下令要準備撤兵，說是要暫時退回北海道廳政府。」

「好，我們馬上過去。」

雅人從放在腳邊的袋子裡取出一條毛巾擦汗。耕太則是從拎在手上的白色塑膠袋裡拿出汽水，分別遞給雅人和亞沙美。

「拿去吧，這是居民們送的禮物。」

「咦，這汽水是冰的？這附近不是停電嗎？」

「之前好像是放在雪窖裡，現在外面正在發送。」

「喔，真是太感恩了。我剛好覺得口渴呢。」

雅人打開瓶蓋喝了一口，冰涼的汽水流進喉嚨之後，繼續通過食道。

「唔！好冰啊！」

雅人抖著身體大叫。

「冰涼的汽水真是痛快！簡直就像神賜的飲料一樣。」
「這比喻也太誇張了吧。」
亞沙美笑笑地把瓶口湊進嘴邊。
「嗯……不過，真的很好喝耶。」
「我就說吧。要是有漢堡或炸雞就更完美了！」
「說得也是，這陣子老是吃罐頭乾糧呢。」
「好久沒吃到超商的便當了，好想念啊。」
「怎麼盡說這些外食，你都不自己煮嗎？」
「嗯，那樣太麻煩了。偶爾會煮一些咖哩，不過我只加肉和洋蔥。」
「這樣營養很不均衡耶。」
亞沙美皺起眉頭看著雅人。
「等局勢恢復和平之後，我做給你吃。」
「嗄？妳要做給我吃？」
「怎麼樣？不喜歡嗎？」
「不、不是，怎麼會呢。只是，這樣好嗎？」
「我跟你是戰友，有什麼不好的。當然，我也會請耕太吃。」
「我也有份嗎？」
亞沙美點點頭，這樣回答耕太。

「那當然囉，你該不會因為怕我而推辭吧？」
「怎、怎麼可能呢。謝、謝謝妳。」
耕太點頭如搗蒜地道謝，一旁的雅人不禁莞爾。
「這麼一來，活下去的樂趣又變多了對吧？耕太。」
「……是啊。我以前一直很想嚐嚐亞沙美的手藝呢。」
「以前？現在也是吧。」
「不，我恐怕沒有那個口福了。」
耕太落寞地笑著說。雅人聽到他的話，臉上的笑容頓時僵住了。
「你、你在說什麼？我們不是都活下來了？而且也順利達成這次國王遊戲的命令不是嗎？」
「我沒有達成命令。」
「怎麼可能。你明明不是和我這個『天使』合過掌了，我記得很清楚，就在北海道廳政府裡面。」
「是啊，我是和雅人兄合過掌。不過我並沒有達成命令，因為我是『撒旦』。」
耕太的這番話，讓雅人臉上的血色幾乎褪盡。
「你……你是『撒旦』？」
「是的。我很清楚地看到自己手臂上浮現出『撒旦』的字樣。」
「騙人！如果是這樣，斗志雄應該看得出來啊！他有分辨『撒旦』的能力！」

「大概是因為我沒有殺死『天使』的意圖，所以才沒被識破吧。這表示，神崎隊長的能力並不是絕對保證，哈哈哈。」
耕太狡黠地笑著，沙美抓住他胸前的衣領罵道：
「都這個時候了，你還笑得出來！如果你真的是『撒旦』，再過10分鐘就要受懲罰了啊。」
「就是啊，政府好像到現在都還沒抓到冰室香鈴呢。」
「耕太……」
「不要愁眉苦臉的。啊、雅人兄你也一樣……」
耕太轉而看著雅人。
「雅人兄，你還記得嗎？神崎隊長曾經說過，『撒旦』想要殺死『天使』，是人之常情吧？」
「嗯……是，我記得。」
「可是，我並不認同這句話。我想還是有很多人寧可自己死，也不願動手殺人。就跟我一樣。」
「耕太……你明明有機會的。你隨時都可以殺死我這個『天使』啊。」
「是的，因為我一直陪在你身邊，還帶著槍呢。要殺你易如反掌，殺100次都沒有問題。」
「可是，你並沒有這麼做。」
雅人抓住耕太的肩膀。
「你真的不後悔嗎？你本來可以達成命令的！」

「我一點也不後悔。」
耕太堅定地回答。
「雅人兄是我崇拜的偶像。我絕不可能殺了你這樣的人。」
「……」
「啊……話說回來，我也會怕國王遊戲的懲罰。希望不要死得太痛苦才好。」
「嗚……」
淚水從雅人的眼眶裡湧出。
「為什麼……為什麼你會是『撒旦』……你是那麼好的人，還拼了命地保護我的安全。」
「是我運氣不好，被指定為『撒旦』的機率只有4％呢。」
「……耕太……為了救你，我寧可被你殺死。可是不行，我不能死。因為我這條命是我的戀人和朋友犧牲性命換來的。」
「我明白，所以我並不打算這麼做。」
耕太側著頭笑了。
「雅人兄，人類真的很了不起。」
「了不起？」
「是啊。我想一定還有其他人跟我做了同樣的選擇。為了保護更重要的人，寧可犧牲自己的性命。可是CHILD就不可能做這種事。」
耕太的眼睛發出光芒，緊緊握住雅人的手說。

「雅人兄，請你一定要保護人類。」
「這種事我也辦不到啊，我只是個普通人，沒有像斗志雄那樣的能力。」
「所以才說你了不起，一個普通人居然能打動那麼多人的心。能夠保護像這樣的雅人兄，我覺得很滿足。」
「耕太……你真的要留下我而死嗎？」
「很遺憾，恐怕是這樣了。其實，我何嘗不想和雅人兄與亞沙美一起活下去呢？」
耕太低著頭，從雅人他們身旁跑開。
「那麼，我要走了。」
「走？你要走去哪裡？」
「去監禁『撒旦』的那間倉庫。只有我一個人在外面遊蕩，對其他人很不公平。」
「嗚……耕、耕太。」
雅人緊咬嘴唇，淚水模糊了耕太的身影。
「雅人兄，請不要為我悲傷。」
「別說傻話了！我的伙伴……我的朋友就要死了，怎麼可能不悲傷呢！」
「……你說我是你的朋友？」
「那還用說嗎？我們是伙伴……是同袍……是好朋友……」
聽到雅人這麼說，耕太微笑點頭。

在昏暗的體育館中，只剩下雅人和亞沙美兩個人。周圍的空氣密度似乎不斷上升，彷彿身體就快要被壓潰了。

帶著笑容離去的耕太身影，還留在腦海裡。

——耕太早就知道自己會死，卻還是冒死保護我。把自己最寶貴的時間用在我身上。就為了我這個沒有能力保護戀人和朋友的我！

雅人發現自己是那麼無能為力，緊握的拳頭無法控制地顫抖著。

——我太懦弱了，身體和心理都是……

雅人看向垂著頭，沮喪不已的亞沙美。

「亞沙美，走吧，我們回北海道廳政府去。」

「……」

「亞沙美……」

「知道啦！」

亞沙美的聲音在體育館裡迴盪著。經過十幾秒的沉默之後，才又淡淡地說：

「耕太念中學的時候，是個被霸凌的孩子。」

「被霸凌的孩子？妳怎麼知道？」

「是他告訴我的。耕太從小父母雙亡，也許是在孤兒院長大的緣故，養成了乖乖聽話的個性。」

「原來如此……」

「可是自從認識你之後，我感覺到耕太的膽子變大了。或許他在想，為了要保護自己崇拜的英雄，不勇敢不行吧。」

「耕太的確是這樣的人。」

「是啊，認真又老實……」

亞沙美的聲音越來越小，鼻子發出了嘶嘶聲。

「雅人……我有個請求。」

「請求？」

「胸膛借我靠一下。」

話才說完，亞沙美就把臉蒙在雅人的懷裡，纖細的肩膀微微地顫抖。

「實在是……太殘忍了。為什麼耕太要受懲罰呢？他又沒做什麼壞事。」

「嗯……」

「他的運氣太差了，怎麼會被指定為『撒旦』呢？只有4％的機率啊！」

「是啊……妳說得沒錯。」

「嗚……嗚嗚嗚……」

聽到亞沙美哭泣的聲音，雅人不禁抬起頭，拼命地忍住淚水。

第4章

命令8

9/27 [MON] AM 03:18

【9月27日（星期一）凌晨3點18分】

雅人一走出體育館，斗志雄立刻從校園那邊跑過來。他停在雅人面前，抓著頭嘆了一口氣。

「心情好點了嗎？」

「……你知道耕太的事了？」

雅人沒有回答斗志雄的問題，卻反過來這麼問他。

「耕太剛才親口告訴我了，他說自己是『撒旦』。看來，我還是太天真了。」

「耕太他……受到懲罰了嗎？」

「嗯。剛才我去查看過囚禁『撒旦』的倉庫。這次的懲罰好像是全身燒傷，因為每個人都是全身皮膚燒焦而死。」

「……全身燒焦？那一定很燙吧。」

「並不是真的被火燒，但是腦子會下這樣的判斷，所以疼痛的感覺跟被火燒是一樣的。」

聽到斗志雄這麼說，站在雅人背後的亞沙美突然感到雙腳癱軟，雅人趕緊扶住他。

「妳不要緊吧？亞沙美。」

「嗯，對不起。」

亞沙美虛弱地回答。

「我……」

「妳還是休息一下吧。等一下我們要搭吉普車對吧？斗志雄。」

「是啊，妳現在這麼虛弱，什麼事都做不了。」
斗志雄正要繼續說下去的同時，簡訊的鈴聲響起。
「唔！又是國王遊戲的簡訊！」
雅人從口袋裡掏出智慧型手機，檢視畫面。
【9／27星期一03：19　寄件者：國王　主旨：國王遊戲　本文：這是所有居住在北海道的人所進行的國王遊戲。國王的命令絕對要在24小時內達成。※不允許中途棄權。※命令8：懲罰所有的人類。不過，每殺一個人，可以將接受懲罰的時間延後1年。　END】
「這道命令是……」
雅人咕嚕地嚥下口水，神情凝重地注視著手機畫面。
「嗯——來這一套啊。」
斗志雄嘴角往上揚起。
「這次的命令還真是有點棘手呢。」
「有點？何止如此。每個人都要受懲罰不是嗎？」
「當然不是。只要殺1個人就可以將懲罰延後一年。換句話說，殺100個人的話，就沒什麼好擔心的了。」
「話、話是沒錯，可是這個命令根本是強人所難吧！」
「怎麼會強人所難！這個命令很容易達成呢。」
「斗志雄……」

雅人感到背脊一陣寒顫。

「你該不會為了延長自己的壽命而殺人吧？」

「目前還沒有那個念頭，因為還是有可能抓到冰室香鈴，問出奈米女王的密碼，解除國王遊戲的命令。不過，會像我這樣想的人，恐怕只有那些有信心隨時可以動手殺人的傢伙而已。沒有這種自信的人，馬上就會動手了吧。」

「馬上就會動手？」

「沒錯。因為這次命令是殺人就可以活。只殺1、2個人是沒有意義的。我想，殺戮應該已經開始了。」

「這實在太離譜了……」

雅人帶著沙啞的聲音喃喃自語著。

【9月27日（星期一）凌晨4點24分】

回到北海道廳政府，雅人和斗志雄很快就被帶到會議室。房間裡的幾十名工作人員視線全都集中在他們身上。坐在最裡面的藤澤急忙從椅子上站起來。

「你們總算是回來啦，斗志雄、雅人。我正在擔心，要是連你們也失蹤的話，該怎麼辦呢！」

「連我們也失蹤？這話什麼意思？」

面對雅人的質問，藤澤皺著眉頭解釋。

「已經有好幾支部隊失聯了。有目擊情報指出，好像有一些團體正在外面殺害平民。」

「殺害平民？是因為國王遊戲的關係嗎？」

「除此之外，我想不出其他的原因了。我們這裡也有幾名職員逃出去，其中大部分都有攜帶槍枝。他們很可能會為了延長自己的壽命而開槍。」

「唔，這麼說，人類要開始自相殘殺了嗎？」

「很遺憾，的確如此。不，應該說，已經是這樣了。現在北海道境內到處都在殺人。」

「哈哈。」

斗志雄突然笑了起來。

「這個消息真有幫助，這麼一來，我就有事可忙啦。」

「有事可忙？這話什麼意思？」

面對藤澤的質問，斗志雄的手比出槍的形狀說：

「把從這裡逃出去的傢伙殺掉啊。」

「殺……殺掉？」

「是的，這樣我就能達成命令了。沒有人有意見吧？讓那些逃出去的傢伙活著，只會造成更多的傷亡。」

「你是說，為了活命不惜殺人嗎？」

「有什麼不可以？放任那些傢伙不管的話，會有更多無辜的百姓慘死。別忘了，他們手上有槍，佔了壓倒性的優勢啊。」

「可、可是……」

「等等，知事，把槍交給那些傢伙的人是你吧？你要負起這個責任，因為你有義務要保護善良的老百姓。」

斗志雄看著那些坐在椅子上，臉色發白的男人們。

「你們也一樣，都這時候了還坐在這裡開會，這樣對嗎？再過不到20小時，全部的人都會受到懲罰啊。」

看到在場的人被嚇得神情緊張，雅人往桌子用力拍下。

「斗志雄！你不要再製造不安了好不好！」

「真抱歉，我只是想要誠實地活下去而已。偏偏坐在這裡的大人們，似乎對這種事反應很遲鈍。」

斗志雄露出有如獠牙般的虎牙笑著說。
「總之，以集團方式攻擊人類的傢伙，是非殺不可的。我不認為在這種情況下，他們會回心轉意。」
「等一下！一定還有其他的辦法可想。只要抓到香鈴，問出奈米女王的密碼，就能夠解除國王遊戲的命令了。」
「就因為這條路窒礙難行，所以才會有人逃出去不是嗎？現在有冰室香鈴的最新情報嗎？」
在斗志雄的逼問下，站在藤澤後面的部下高倉開口回答。
「很遺憾，沒有更新的情報了。」
「既然這樣，就別無選擇了。尋找冰室香鈴的任務當然要繼續，可是眼前最重要的，是殺光那些從這裡逃出去的傢伙，這是一石二鳥之計。」
「我才不要殺人！」
雅人拉高音量，衝著斗志雄說。
「我認為應該先找到冰室香鈴。就算機率再低也要去找，這才是身為人類應該做的正確決定！」
「你還是老樣子，只會說天真的夢話。剩下不到20個小時耶，在此之前要是不殺人的話就要受罰而死。難道這樣就是正確的決定嗎？」
「就是為了避免變成這樣，所以要更積極地找出香鈴！」

「我們的看法簡直就是平行線。算了，我也懶得說服你。你想怎麼做就怎麼做吧。」

斗志雄轉而看著藤澤。

「總之，我要照我自己的意思去做。反正我們本來就不是正規部隊。」

「……好吧，你說得沒錯。放任那些殺人部隊不管，也不是辦法。這件事就交給你的部隊吧。」

聽到藤澤這麼說，雅人瞪大了眼睛。

「藤澤知事！你這是在下達殺人命令嗎？」

「沒其他辦法可想了。必須要有人阻止那些正在殺人的軍隊才行，不這麼做的話，會有越來越多人被殺死的。」

「可、可是……」

「當然，這個任務必須是自願參加的，你能答應我嗎？斗志雄。」

「我沒意見。」

斗志雄瞇起眼睛，笑著回答。

「我想，大部分人的想法都跟我一樣吧。尤其是頂著為了活命、殺人無罪的這個名義。」

聽到斗志雄的話，雅人心跳的鼓動不由得加速。

【9月27日（星期一）清晨5點2分】

「現在，我們要去殲滅那些濫殺無辜老百姓的部隊了！」

在一樓大廳裡，斗志雄對著高中生部下們喊話。

「不過，這次的目標是人類，而且主要是自衛隊部隊。單純以戰力比較的話，對方的實力遠超過我們。」

高中生部隊之間起了騷動。

「要是真的開戰，勢必會有嚴重傷亡。也就是說，對他們而言，我們就像是他們用來延長生命的寶物。不過，我們也有自己的優勢。」

斗志雄的嘴向兩邊裂開似地笑著。

「對我們來說，殺了他們同樣可以延長自己的生命，而且我們是站在『正義』這邊。那些人為了活命濫殺無辜百姓，而我們是阻止他們的正義之師。說明白點，殺他們的時候不需要有罪惡感。因為我們代表著正義！」

斗志雄的視線來回移動，打量著隊員們的表情。

「話雖如此，我想還是有些隊員很排斥殺人這檔事。所以，不想參加這次任務的人可以留下來，免得到時候跑來跟我抱怨。只不過，留下來的人將會受到國王遊戲的懲罰。換句話說，只剩下一天的生命。這點，你們要仔細想清楚。」

大廳裡一片鴉雀無聲。

「那麼，想參加任務的人到玄關集合。大家盡快做出決定吧。」

語畢，斗志雄吹了一聲口哨後便往玄關的方向走去，高中生部隊們立刻跟在他後面離開。大廳一下子變得空蕩蕩的。

雅人緊咬著嘴唇，站在除了自己以外沒剩半個人的大廳裡。雖然早就料到大部分的隊員會跟隨斗志雄而去，可是跑到一個都不剩，實在太令人失望了。

「難道，我的想法錯了嗎……」

黑色的人影咚的一聲坐在地上，影子的輪廓看起來極為沮喪。

雅人用雙手拍打自己的臉頰，藉此提振士氣。

「既然這樣，那我就自己去找香鈴！」

「別說傻話了！」

柱子後面傳來亞沙美的聲音。她邊說邊朝雅人走來，那對細緻勻稱的眉毛微微地往上挑起。

「人類已經開始互相殘殺了。在這種情況下想找到冰室香鈴，簡直是不可能的任務。」

「亞沙美……妳……」

「瞧你一臉吃驚的樣子。怎麼？我不能留下來嗎？」

「不，我不是這個意思。可是妳留下來的話，就只剩下一天的生命啊。」

「所以才要趕快找到冰室香鈴啊！我跟你一起去找。」

亞沙美冷不防地把臉湊近雅人。

「雖然上回的命令平安過關，不過要是你這次死了，耕太會很傷心的。」
「……這樣真的好嗎？妳跟著斗志雄，死亡的機率比較低。他們那邊應該會集體行動才對。」
「是啊，可是相對的，卻必須殺死在昨天之前一直並肩作戰的同袍。我討厭這樣。」
亞沙美的視線移向集結在玄關前面的高中生們。
「我能理解神崎隊長的想法，但是我無法認同，把理由拿來當作殺人的免死金牌。你一定也是這麼想吧？」
「妳說得沒錯。我還以為只有我這麼想呢，謝謝妳。」
雅人緊緊握住亞沙美的手說。亞沙美突然漲紅了臉。
「謝什麼啊。不說這些了，還是打起精神來吧。稍有大意的話，一走出這裡就會被殺死喔。」
「嗯。我們一定要找出冰室香鈴，終結國王遊戲！」
雅人的眼眶裡堆積著淚水，眼前的亞沙美因此變得模糊不清。
走到玄關外面，斗志雄和高中生部隊已經離開，連之前在附近巡邏的警衛也不見蹤影。
「大家都走了嗎？」
雅人喃喃自語著。站在他旁邊，手持89式步槍的亞沙美開口說道：
「有槍的人應該都走了吧，不知道他們是不是跟神崎隊長一樣，以那些殺害無辜百姓的軍隊為目標，或是……」

「或是？」

「可能去殺普通的老百姓。」

「等、等等！」

「我不認為那是對的行為，可是他們的確可能那麼做不是嗎？比起持槍的組織，普通老百姓更好對付，輕輕鬆鬆就能延長自己的生命。」

亞沙美看著自己手上的槍說。

「雅人，我也不想為了自己活命而殺人，可是如果對方先動手的話就另當別論了。那時候，我一樣會殺人的。」

「亞沙美……」

「你也要有心理準備。如果想活下去的話，該戰鬥的時候還是要戰鬥。就算對方是人類也一樣。」

「……難道，除了殺人之外，沒有別的辦法了嗎？」

「嗯。我手上有槍，我想敵人應該不敢貿然攻擊，可是如果對方也有槍的話，就很難講了。」

「不管怎麼說，盡量不要被人發現我們的行蹤比較安全。」

「是啊……對了，有新的線索嗎？你也不知道冰室香鈴的藏匿地點吧？」

「我想先去香鈴以前住的宿舍看看。」

雅人指著車站的方向說。

「她應該不住在那裡了。但是，也許有留下什麼蛛絲馬跡也說不定。而且去那裡並不需要花多少時間。」

「嗯。其他的部隊應該已經去查過了，不過既然我們沒有其他線索，就去看看吧。」

「妳要跟我一起去嗎？」

「那還用說，我就是為了這個原因留下來的。」

亞沙美堅定地豎起拇指說。

雅人和亞沙美貼著大樓的牆邊，小心翼翼地移動著。運動鞋偶爾會踩到地上的玻璃碎片，發出啪啦啪啦的聲響。看到前方不遠處，有一具看似小學生的屍體倒在血泊中，雅人的嘴角不禁抿了起來。

「難道是被人類殺的嗎？」

「很有可能。這附近應該沒有CHILLD才對。」

背後的亞沙美嘖了一聲。

「居然連小孩子也不放過，實在太過分了。」

雅人來到小學生的屍體前面合掌默禱。少年的眼睛微微地張開，凝視著空中。藍色的T恤被染成了血紅色，脖子上的彈痕也清晰可見。

「對不起，雖然很想好好安葬你，可是現在實在沒有辦法。」

「嗯……是啊。」

「我們快走吧，沒時間了。」

雅人緊咬著嘴唇，快步離開。

【9月27日（星期一）清晨6點56分】

香鈴房間的門是開著的，狹窄的走廊上還殘留著雜亂的鞋印，廁所和浴室的門也被打開。雅人謹慎地走進房間裡面。

一踏進去，就聞到陣陣的柑橘香氣。房間大約有6張榻榻米大小，裡面擺著一張木桌和一張鐵床，還有散落一地的衣服和芳香劑。

走在背後的亞沙美，朝雅人的背戳了一下。

「喂，雅人，那個冰室香鈴，是個什麼樣的人？」

「什麼樣的人啊……她的個子不高，看起來像個小女孩，可是個性成熟穩重。在當志工的時候，也很熱心……」

「那樣的人為什麼會想要毀滅人類？」

「大概是她的父母被搶匪殺死的緣故吧，所以很可能因此性格大變。要不然就是跟那個叫再生的組織有關係。」

雅人拿起放在桌上的相框。裡面夾著一張香鈴和一對中年男女的合照。

「那兩個人一定是香鈴的父母吧？」

「是啊。她的雙親都被殺害了。」

雅人幽幽地說。

「我的父母是被 CHILD 殺死的，冰室香鈴的父母則是被人類殺死的。也許就是因為這個原因，我們兩個人憎恨的對象不一樣。」

「我很同情香鈴，但是我無法認同她的做法。她害死太多人了，根本就是人類的公敵。」

雅人緊握拳頭，往桌面敲下。原本堆在桌上的一疊筆記本受到震動而掉到地上。雅人彎身拾起的瞬間，無意中看到其中一本翻開的筆記本內寫的文字。

『宮內雅人。』

筆記本的頁面上密密麻麻地寫著自己的名字。

「這是怎麼回事？為什麼筆記本上面寫滿了你的名字？」

「是……是我的名字……」

面對亞沙美的問話，雅人抿了一下乾澀的嘴唇。

「香鈴曾經說過，她喜歡我。」

「她喜歡你？」

「是的，我以為她只是在開玩笑……」

雅人撿起寫滿自己名字的筆記本，啪啦啪啦地翻看著。果然，每一頁都寫了自己的名字。

「為什麼她要這麼做呢？」

雅人感覺到一種被巨蛇纏繞的恐懼，彷彿香鈴的那對黑眼珠子，正在暗處監視著他。

亞沙美摀著嘴，偷瞄筆記本。

「看樣子，那個女孩子是真的很喜歡你呢。」

「是嗎？」

「如果不是這樣，就不會整本筆記本都寫滿你的名字。雖然我不認為是出於憎恨，不過她的性格可能很扭曲。」

「扭曲……？」

雅人的腦海浮現出香鈴手持蠟燭，凝視著自己的模樣。

——那傢伙，真的那麼喜歡我嗎？之前在教室裡或是參加志工活動的時候，她的確經常找我說話。

亞沙美的手輕輕推了一下沉默不語的雅人。

「現在不是陷入沉思的時候，趕快找出線索要緊。」

「嗯，沒錯。妳說得對。」

雅人趕忙打開桌子的抽屜。裡面只放了一些文具和信封信紙，並沒有什麼值得參考的線索。

「嘖！難道沒有便條紙或是通訊錄之類的嗎？」

「就算有，也早就被警方拿走了吧。我覺得應該找找看，是不是有什麼引起聯想的提示……」

「我看看喔，呃——耳機、充電電池、望遠鏡……」

「望遠鏡？她喜歡賞鳥嗎？」

「不，我想她並沒有那方面的興趣。」
「那她都用望遠鏡做什麼？從這裡看出去，只能看到市區的街景啊。」
亞沙美看著窗戶外面如廢墟般的市區這麼說。
「難不成，山裡有什麼秘密小屋？」
「啊，我記得香鈴說過，她把奈米女王藏在札幌市裡。我想她應該不是騙人的。所以，這個望遠鏡應該也是……」
雅人半張著嘴，走到窗戶旁邊。
「難道……」
看到雅人專心注視著窗戶外面，亞沙美也湊過來看個究竟。
「有什麼發現嗎？」
「嗯。雖然不是很肯定，可是我想到一個香鈴可能會去的地方了。」
雅人神情凝重地咬著牙說。

【9月27日（星期一）上午8點13分】

「全部就這些人嗎？」

在中學的校園裡，一名身穿迷彩服的中年男子這麼問一名穿著套裝的中年女子。女子確認了一下站在後面的幾十名男女後回答道：

「是、是的！包括我在內，留下來的人一共是24名，全部都到齊了。你把所有人召集到校園來，究竟有什麼事呢？小宮山先生。」

「嗯。關於這次的命令，藤澤知事下達指示，要請各位移動到比較安全的地方。」

這個叫小宮山的男子，露出雪白的牙齒笑著說。

「總之，大家快移動吧！時間不多了。」

「可是沒有車啊，要用走的嗎？我們之中有人受傷，無法走路。」

「喔，沒關係。那個安全的地方就是天國。」

小宮山笑著把槍口對準那名女子說。下一瞬間，校園裡傳出槍響，女子的上衣被射穿了一個洞。

「咦……」

女子一時之間還不明白發生了什麼事。她伸手摸著自己的胸前，發現紅黑色的血液正從她的指間滴落到地面上。

「為……為什麼……？」

女子跪在地上，身體也跟著倒下。接著，小宮山又對旁邊穿著迷彩服的男子們下令。

「可以了，大開殺戒吧！」

此話一出，男子們同時舉槍朝集合在校園裡的男男女女展開掃射。

「住、住手！」

「救……救命啊！」

「不要！我還不想死……」

哀求聲不絕於耳，但是很快就被槍聲和哀嚎聲掩蓋過去了。

幾分鐘之後槍聲停止，校園裡的男男女女全部倒在地上，身體被鮮血染成了紅色，只有那些穿著迷彩服的持槍男子們站立著。小宮山腳踩著四散飛濺的血肉，逐一檢查那些屍體。

「這樣我的壽命就可以延長7年了。」

「這樣還不夠吧。」

小宮山旁邊的男子一邊更換彈匣，一邊喘著氣說。

「我們部隊現在有8個人。不殺個400人的話怎麼夠呢。」

「放心吧，我們手上有槍。如果這裡是美國，就沒這麼容易啦。」

「美國是可以合法擁有槍枝的社會，普通老百姓擁槍的可能性很高。幸好我們是活在日本。」

「沒錯。咱們繼續進行這種講求效率的狩獵吧。現在老百姓之間也開始自相殘殺了，動作慢的話，獵物的數量會越來越少呢。」

「是啊。不過這也不是什麼令人感到痛快的任務就是了。」

「那也是沒有辦法的事。在這次的命令中要是不殺人的話，就只剩下一天的生命可活。既然如此，就由強者活下去吧，這樣才是對的。」

小宮山的右手手指，在槍上咚咚咚地敲著。

「現在是弱肉強食的世界。這些人的死，是大自然的法則。」

「說得也是。我們到下一個避難所吧。在避難所狩獵最快了。」

「都是老人和小孩。好！大家往下一個狩獵場移動吧！」

這時，突然爆出連續幾聲槍響。正在和小宮山談話的男子臉頰應聲碎裂。

「啊……咳噗……」

咳了幾聲之後，男子倒地不起。小宮山把頭壓低，朝四周查看，最後在校門的陰影處發現了幾名穿著迷彩服的青少年。小宮山忿忿地咬牙喊道：

「是北海道道廳派來的追兵！大家快退到教室裡面！」

小宮山邊持槍掃射，邊往教室跑去。一名從他身旁經過的男子，後腦杓被子彈射穿，身體像癱了一樣地仆倒。

「可惡！快點！留在校園裡會遭到射殺的！」

就在喊叫的同時，教室大樓的玄關那邊也傳出槍聲大作。小宮山雙腳頓時沒了氣力，身體往一邊倒下。再度抬起臉時，周圍的戰友們全都倒下了。

「唔……」

他的手伸向掉在地上的槍，不過被人先一步用腳踩住。小宮山的臉痛苦地糾結在一起。他抬起頭，看著站在眼前的少年。

少年露出猶如獠牙般的虎牙，笑著說：

「你好像是隊長吧？」

「你……你是高中生部隊隊長？」

「是的。請多多指教……啊、不過你就快死了。」

斗志雄把槍口對著小宮山。

「為了活下去選擇殺人，這樣的決定並沒有什麼不對。只不過，行動的時候要小心一點。你們就是全部的人都待在顯眼的地方，才會落得現在這樣的下場。」

「校……校門口的傢伙，也是你們的同夥嗎？」

「嗯。從校門口進擊的話，你們一定會逃回教室。於是我們兵分2路，另一組人躲在玄關處埋伏。我們是從後門潛進來的。」

「可……可惡！」

「再見啦，隊長。」

「等……等等！」

小宮山伸出沾滿了沙土的手。

「饒……饒了我吧。我只有腳部中彈，只要接受治療，還可以活下去。」

「喂，這樣怎麼行呢？你為了延長自己的生命，殺了那麼多人。現在居然要我救你？」

「啊……」

「自己做的事，自己要負起責任。」

斗志雄把槍口瞄準小宮山的眉間，眼睛眨也不眨地扣下扳機。

「好！屍體就先擱著，收兵！」

斗志雄對著周圍的男孩們大喊。

「大家要提高警覺。還有其他叛逃的部隊，而且……」

正朝校門走去的腳步，突然停了下來。

「嘖……要連續作戰嗎？」

就在斗志雄叨叨抱怨的同時，校門前出現了幾十名男子，嘴裡吐著不停蠕動的肉色觸手。

「是CHILD！全員立刻進入教室躲避！」

「神崎隊長，還留在校門前的里山他們怎麼辦？」

「他們應該已經死了。」

斗志雄對著部屬們大聲說。

「現在要把自己的命視為第一優先。大家快進去教室裡面！」

他一面推著部下前進一面左右觀察。聚集到附近的CHILD數量越來越多，光是眼睛看到的，少說就有200隻以上。

CHILD搖搖晃晃地一步步逼近教室。不過這個令人絕望的數量，並沒有讓斗志雄放棄求生的意志。

「頂樓！全部往頂樓跑！」

對部屬下達這樣的指令後，斗志雄也往樓上跑。大批CHILD在背後緊追不捨的腳步聲隨之傳來。

「斗志雄，情況不太妙啊！」

斗志雄對自己這麼喃喃自語著。一跑上頂樓，便趕緊把厚重的金屬門關上。

「快拿東西來擋住門啊！」

先跑到頂樓的部下們，匆匆搬來幾張椅子堆疊在一起，當作臨時的拒馬。

「神崎隊長！不行啊！門無法完全關起來！」

「這樣就足夠了！」

斗志雄把槍口對準大門。金屬門發出巨大的撞擊聲後，開了一個約10公分的縫隙。一看到有男人的臉探出來，斗志雄便毫不猶豫立即開槍射擊。

觸手在金屬門前炸開，肉屑四散飛濺。男子的身體往門的另一邊倒下。從裡面伸出手的另一名男子，同樣頭部中彈倒地。

「只要看到有人臉從門縫探出來立刻開槍，不要客氣。從我們這個位置一定可以準確命中。」

在斗志雄的命令下，部下們的槍口一起對準門縫的方向。

【9月27日（星期一）上午8點54分】

當第8個男人倒在門的另一邊時，斗志雄呼地喘了一口氣。門的下面可以看到像融化蠟燭般的白色手臂和模型假人的臉。上面還堆著幾具臉色死白的男性屍體。

一名抵住用椅子疊成的拒馬的少年開口說：

「神崎隊長，門的另一邊好像沒有CHILD了。」

「他們大概知道，想從這裡突破不是那麼容易的事。」

斗志雄用右手手背，擦掉額頭上的汗珠。

「你們繼續抵住拒馬。陽一、和明，一發現有CHILD想從門縫鑽出來，立刻開槍射擊，射手或腳都可以。盡量拖延他們復原的時間。」

「是！」

陽一與和明齊聲回答，槍口依然對著門縫。

斗志雄離開門之後，往頂樓的另一邊移動。當他朝樓下的校園望去時，正好發現有疑似CHILD的影子跑進教室裡面。

「之前在殭屍電影裡曾經看過這樣的場面。要是有直升機來的話，就可以脫困了。可惜，不知道這樣的奇蹟何時才會出現。」

回頭看去，其他8名部下正惶惶不安地看著他。

「包括我在內，我方陣營是9個人，剛好可以組一支棒球隊。」

「神崎隊長，接下來我們該怎麼辦？」
一名臉色蒼白的少年走向斗志雄。
「CHILD的數量越來越多，門那邊的防禦遲早會被攻破的。」
「說得也是。」
「我們……會死嗎？」
「可能性很高。這裡距離北海道廳政府很近，要是那些堅守崗位的部隊發現我們的話，也許還有希望。一切只能期待神明的保佑了。」
「要是都沒有人來救我們呢？」
「到那時候，我們只好靠自己殺出重圍了。」
斗志雄拍拍少年的肩膀說。
「總之，先把衣服脫了再說吧。」
「把衣服脫了……？」
「不要露出那種奇怪的表情，我可沒那種癖好喔。我是想把迷彩服做成繩子，只要長度足夠垂降到4樓就可以了。這樣的話，等天黑之後就能逃出這裡了。」
斗志雄嘴唇上揚，露出雪白的虎牙。
「不要盡往壞處去想。不過是被區區幾百隻CHILD包圍而已不是嗎？」
「區區……？」
「是啊。CHILD的體力確實比我們人類好很多，不過他們又不是不死之身。只要有武器的話，咱們至少可以跟他們打成平手。要往正面看，懂嗎？」

這時，背後突然傳出細微的聲響。回頭看去，一隻白色的手臂就攀在頂樓的牆緣上。那隻手的手指微微動了一下後，一名少年隨即跳了上來。

少年那對金色的瞳孔發出光芒，輕輕鬆鬆就跨越了防止墜樓的鐵絲網。看到少年的金色眼睛，斗志雄瞬間做出反應。他舉起槍，把距離拉開。

「你是……那由他？」

「……」

「哼，不想回答是嗎？大魔王不是都會在最後的決戰之前，說些應景的話嗎？」

斗志雄看了那些被嚇呆的部下們一眼後說。

「注意，聽到我的指示後，大家一起朝這傢伙開槍。不必擔心消耗子彈。」

「是、是！」

部下們緊張的聲音，傳進了斗志雄的耳裡。

「那麼……要開始了。由我們發動先攻，射擊！」

斗志雄一聲令下，頂樓瞬間槍聲大作。那由他動作敏捷、弓著身體往持槍的斗志雄衝過來。

「不要小看我！」

斗志雄把槍口對準那由他的頭部，連開了好幾槍。那由他一面用手臂擋住子彈，一面以直角轉彎。

「啊！」

一名被那由他鎖定的少年，嚇得發出驚叫。那由他用左手手背揮開少年手上的槍，接著以手刀朝少年的脖子劈去。

少年的脖子發出「喀啦」的可怕聲音後，應聲折斷。

斗志雄緊咬嘴唇，瞄準那由他的後腦。那由他立即做出反應，高高躍起後在空中翻轉身體，閃過了子彈。在著地的瞬間朝著倒地的少年腹部踢去。

在傳出爆開聲響的同時，少年的身體往後彈飛，背部撞上了鐵絲網後掉到地上，嘴裡不斷吐出鮮血。

「咿咿咿咿！」

另一名少年嚇得發出哀鳴。正要逃跑時，卻被那由他的雙手伸進嘴裡。

「咕啊……嘎……」

劇烈掙扎的少年口中傳出碎裂聲，接著就裂成了上下兩半。

斗志雄再度繞到那由他的背後射擊。那由他的脖子和背部連中數槍，可是動作並沒有停止。

那由他扔掉從少年嘴裡撕下的肉塊，返身朝斗志雄靠近。看到那由他毫髮無傷的手臂，斗志雄的虎牙發出喀嘰喀嘰的咬合聲。

「剛才中了那麼多槍，怎麼一下子就復原了！太不公平了！」

斗志雄把子彈用罄的槍丟到一旁，改拿出刀子。刀鋒發出的鈍色光芒，並沒有讓那由他放慢速度。

「你可不要後悔！」
斗志雄拿著刀子朝那由他的頭部刺去，卻反被那由他抓住右手。一股令人無法想像是出自一名少年的巨大力量，加諸在斗志雄的手腕上。
儘管如此，斗志雄還是笑了。
「你以為你贏了嗎？太天真了吧。」
他把右手的刀子往左邊橫向丟出，左手接住之後，直接刺入那由他的脖子。
「這樣就結束啦！」
就在使勁劃開脖子的瞬間，那由他的左手擊中斗志雄的臉。啪啦一聲，斗志雄的身體從那由他的身上彈飛。
「唔……」
他感覺到臉上一股悶重的痛楚，濕黏的液體從臉頰滑落，嘴角歪到一邊。斗志雄的左眼看到自己的眼球和肉屑，從那由他鮮血淋漓的手中掉落。
那由他拔出插在脖子上的刀子，走近斗志雄。
「可……可惡！」
斗志雄伸手想拿伙伴掉在地上的槍時，那由他先一步來到他面前，動作敏捷地轉了圈，以閃電般的速度朝斗志雄的腹部踢去。
「哇啊啊啊！」
斗志雄的身體往後飛起，越過鐵絲網護欄，往地面落下。那由他只瞥了一眼，就轉而攻擊其他的男孩子們。

【9月27日（星期一）上午9點21分】

雅人站在一棟3層樓的建築前，跟在一旁的亞沙美小心翼翼地觀察四周環境。她把臉靠近雅人問道：

「冰室香鈴在這棟房子裡面嗎？」

「有可能。」

雅人避開破碎的玻璃，打開了玄關的門。玄關附近的地上留著乾掉的血跡，之前可能發生過打鬥吧。

「電梯應該不能使用了，從樓梯那裡上去吧。」

「你好像對這裡很熟，之前來過嗎？」

「嗯。這裡是我以前住的宿舍。」

「嗄？你住的宿舍？」

亞沙美詫異地眨眨眼睛。

「你怎麼會想到冰室香鈴可能躲在你住的宿舍呢？」

「剛才我從香鈴的房間往外看，正好可以看到我的宿舍。因為距離有點遠，所以我懷疑，香鈴就是用那支望遠鏡在觀察我。」

雅人邊爬樓梯，邊搔著頭說。

「也有可能，是我自信過度了。」

「啊……很有可能喔。冰室香鈴喜歡你的這件事應該是事實。有些人覺得就算看不到自己的心上人，但是只要能夠看到他住的地方，也是一種幸福。」

「是這樣嗎？」

「嗯，不過這也只是一般的說法。」

亞沙美紅著臉，在雅人的背上拍了一下。

「我就不會做這種事。」

「我知道，妳應該是一旦有了喜歡的人，就會直接告白的那一型吧。」

「唔……」

「嗯？怎麼了？妳不會告白嗎？」

雅人靠近亞沙美的臉問，亞沙美的臉比剛才更紅了。

「這、這又不關你的事！而且，現在不是想愛情故事的時候吧！」

「是嗎？我倒認為，這種時候更應該向心上人告白呢。」

「……算了啦，反正一定會被拒絕。」

「咦？妳那麼受歡迎，會有男生拒絕妳嗎？」

「那個男生已經有心儀的對象了……才不會注意到我呢。」

「是嗎？也許，大部分的戀愛都無法盡如人意吧。」

雅人嘆了一口氣。

「話說回來，眼前的確還有更重要的事非做不可。我們先去看看我在3樓的房間吧。」

雅人一面跟亞沙美說話，一面轉向走廊。這時，一名身穿黑西裝的年輕男子突然冒出來，手裡還拿著一支大型電擊棒。雅人頓時臉色大變。

「亞沙美！快逃……」

下個瞬間，雅人無力地倒在地上。

「雅、雅人！雅人！」

亞沙美的聲音在腦中迴盪著。

——快逃！快逃啊！亞沙美。

心裡拼命想說，嘴巴卻發不出聲音，只覺得亞沙美的聲音越來越遙遠。很快的，雅人便昏了過去。

【9月27日（星期一）上午10點52分】

一睜開沉重的眼皮，就看到貼在牆上熟悉的偶像明星海報。

「唔……這裡是……我的……」

「沒錯，是雅人你的房間啊。」

像風鈴般的聲音傳進了雅人的耳裡，他轉頭往聲音傳出的方向看去，香鈴就坐在床上微笑地看著他。

「香……香鈴。」

「哈哈，我們又見面了，我好高興喔。」

香鈴用那對漆黑的眼睛注視著雅人。

「啊……先別站起來比較好。不、應該說，你也站不起來吧。」

「妳、妳在說什麼……」

雅人的視線往下移，發現自己的手腳被繩子綑綁住。

「這……這是怎麼回事？」

「你被綁起來啦。跟你一起來的那個女孩子也是。」

「女孩子……？亞沙美！」

看到倒在地上的亞沙美，雅人忍不住叫出聲來。

「妳沒事吧？亞沙美！」

「只是被電擊棒電暈而已，我想很快就會醒來了吧。倒是……」

香鈴從床上站起來，走到雅人面前蹲下身子。

「你現在還活著，就表示你女朋友美咲死了，對不對？你殺了她嗎？」

聽到香鈴這麼問，雅人楞了一下。左胸口深處感到一陣痛楚，呼吸也變得紊亂。

「……沒錯，是我……殺了她。」

聽到雅人勉強說出口的答案，香鈴的嘴角頓時呈V字型揚起。

「嗯……大概是美咲用了什麼手段，故意讓你殺了她吧？不過，能死在你的手上，我想美咲一定也很高興。」

「香鈴……難道妳不後悔嗎？妳發出的那些命令，害死了那麼多人。妳的好朋友也死了好幾個不是嗎！」

「哈哈哈，我一點也不後悔。人類的數量有70億以上那麼多，就算北海道的500萬人全部死光，也沒有什麼大不了。」

「妳、妳在胡說什麼！」

雅人大喊。

「大家都想盡辦法要活下去，美咲、和彥也都很努力……」

因為情緒太過激動，雅人幾乎泣不成聲。

「大家……大家都……嗚嗚……」

「是嗎？和彥也死了嗎？其實我並不討厭他那個人呢。」

香鈴的聲音似乎比剛才低了些。

「那也是和彥的命吧。從某方面來看，也許死了對他來說，反而是一種幸福吧。總比在CHILD的統治下，過著像畜生般的生活好多了。」

「為什麼？為什麼妳這麼痛恨人類？妳自己不也是人類嗎？」

「我不是已經告訴過你，我的父母是被搶匪殺死的嗎？人類會為了自私的慾望而殺人。從國王遊戲的命令中就可以看出這樣的人性了！大多數的人類為了自己活命，都會不惜殺死其他人。即便是親人或戀人也照殺不誤。」

「又不是全部的人類都這樣！有些人也會為了孩子和戀人，不惜犧牲自己的生命，我看過很多這樣的人啊！」

「喔？那麼我問你，那樣的人比較多，還是為了一己之私，不惜殺人的人比較多？」

「這、這個……」

看到雅人啞口無言的樣子，香鈴笑了。

「我承認這世上的確有好人，可是絕大部分都還是會為了自己活命，不惜殺人。國王遊戲不是已經證明了嗎？」

「唔……」

「先不說這些了。雅人，我想問你一件事。」

香鈴的視線轉而看向倒在雅人身邊的亞沙美身上。

「這個女的……跟你是什麼關係？」

「什麼關係？我們是同一個部隊的伙伴。」

「伙伴……只是這樣嗎？是新女朋友吧？」

「不、不要胡說，我的女朋友只有美咲一個！」

「美咲不是已經死了嗎？」

「那不重要。總而言之，我的女朋友永遠都只有美咲一個！」

雅人被綑綁的雙手用力地敲打地板。受到聲音的影響，亞沙美的身體稍微動了一下。

「亞沙美！」

「嗯……？雅人？」

亞沙美拄著被綁住的雙手，用力把身體撐了起來。她朝四周張望，最後視線停在站在雅人前面的香鈴身上。

「妳是冰室……香鈴？」

「沒錯，我就是冰室香鈴。妳好啊，亞沙美。」

香鈴側著頭，露出親切的微笑。

「聽說，你和雅人同一個部隊是嗎？女孩子居然也會和CHILD戰鬥，好勇敢喔。」

「那是當然了！」

亞沙美揚起雙眉，瞪著香鈴說。

「別說廢話了！快把我和雅人鬆開，然後解除國王遊戲的命令。只要妳乖乖照做，我會向藤澤知事求情，請他從輕量刑。」

「哈哈哈。我怎麼可能會聽妳的指揮呢。現在被綑綁的人是你們耶，妳還是先擔心自己的小命吧。」

香鈴的視線移向狹窄的走廊。那個持電擊棒攻擊雅人的年輕男子還站在那裡，手中握著一把泛著黑光的手槍。

「只要我對松井下令，你們馬上就會死在這裡了。」

「沒錯。」

那個叫松井的男子低聲回答。

「剛才我就是照香鈴小姐的指示，用電擊棒電暈你們。如果她下令要殺你們，我就會用這把手槍。」

「所以說，你們兩人的小命是掌握在我的手上。」

香鈴把白皙的手放在雅人的大腿上。

「我問你，雅人，你想不想死？」

「開玩笑！我絕不會死的！」

「喔，原來你也不想死啊？」

「那還用說！我現在還能活著，是很多人的犧牲換來的，所以我不能輕易放棄這麼珍貴的生命！」

「好吧，我可以救你。不過你得答應我的條件。」

「條件？」

「是的……不過也不是什麼大不了的事情啦。」

香鈴用左手解開上衣胸前的鈕釦。眼睛迷濛濕潤，右手撫弄雅人的大腿。

「跟我在這裡做愛。」

「做……？妳、妳在胡說什麼！」

雅人滿臉通紅地瞪著香鈴。

「我、我怎麼可能做這種事情！我跟妳又不是男女朋友，什麼都不是！」

「很多人就算不是男女朋友也會做愛啊，朋友也是一樣。有些女孩子還會為了錢而做呢。啊、不過我不會跟雅人你收錢的。」

「香鈴……」

「不要想得那麼嚴重嘛。難道……你不想跟我上床嗎？我可是班上男生性幻想對象票選第4名呢。當然啦，美咲是第2。可能是我的胸部比較小，看起來像小孩子，所以才會輸她吧。」

「這跟票選根本無關！重點不是這個！」

「不過，跟我做愛總比被殺死好吧。怎麼，你寧願死也不想跟我做愛嗎？」

「這個……」

「好嘛，我會讓你飄飄欲仙喔。只要你開口，我什麼都願意為你做。」

香鈴把頭靠在雅人胸前，輕輕地呼著氣。

「啊……是雅人的體香，那股經常在你床上聞到的香味……」

「妳、妳睡過我的床？」

「嗯，打從我躲到這裡之後。只要聞到你留在床上的香味，我就覺得好興奮。好幾次都高潮了……」

「妳……」

「我……我無法再忍耐了。雅人……我好喜歡你……」

亞沙美用被綁住的雙腳，朝正舔著雅人鎖骨的香鈴背後踢去。

「不要像隻發情的母貓一樣賣弄風騷！」

亞沙美氣得咬牙切齒，瞪著香鈴。

「我在旁邊看耶！妳到底在做什麼！腦筋是不是有問題啊！」

「啊……對喔，我忘了亞沙美也在場。」

離開雅人身體的香鈴，觸摸著亞沙美的臉頰。

「妳想觀賞我和雅人做愛也沒關係喔。」

「我才沒興趣看！而、而且，雅人他才不會……不會跟妳做那種事呢！」

「咦？妳怎麼知道他不會？」

「我當然知道！雅人只愛他死去的女朋友！對其他女孩子一點興趣也沒有！」

亞沙美越說越小聲。

「所以……」

「喔，原來如此……我懂了。」

香鈴的眼睛發出妖異的光芒。

「原來是這樣啊？亞沙美，看來妳也很委屈呢。」
「這話什麼意思？」
「咦？要我在這裡說嗎？妳不介意的話，我也可以說出來喔。」
聽到香鈴的話，亞沙美咬起了嘴唇。雅人一臉詫異地看著她們。
「妳們兩個在說什麼？」
「雅人，你太遲鈍了，不會懂的。」
香鈴嗤嗤地笑著站了起來，眼睛來回看著雅人和亞沙美，嘴裡低聲呢喃。
「嗯……在這樣的氣氛之下，我們大概是無法做愛了，雅人。」
「我本來就沒有這個意思！妳快點解除國王遊戲的命令！那台就是有奈米女王程式的電腦吧？」
雅人被綑綁的雙手，指著放在自己桌上的一台電腦。
「現在有很多人因為妳發出的命令而互相殘殺，我求妳，快解除命令吧！」
「你希望我解除命令嗎？」
「當、當然！不只是我而已，這是北海道所有人的請求啊！拜託妳！」
「……既然我的心上人都這麼說了，那麼我會好好考慮的。」
「妳願意解除嗎？」
「只要你在遊戲中贏了我，我就解除。」

【9月27日（星期一）上午11點23分】

「遊戲？做那種事根本一點意義也沒有不是嗎！」

「好啊，不玩遊戲也行，那我就直接殺了你們。」

香鈴的右腳踩在雅人的下腹上摩娑著。

「反正你也不肯跟我做愛。好可惜喔，真的是很簡單的遊戲呢。」

「簡單的遊戲？」

「是啊，只是抽籤而已。」

香鈴從桌上拿起便條紙，撕下其中3張。用鉛筆在上面分別寫著「雅人」、「亞沙美」、「香鈴」三個人的名字，再把紙折起來放在雅人的面前。

「來吧，雅人。從裡面選出一張吧，如果抽中我的名字，我就解除國王遊戲。」

「真、真的嗎？」

「嗯。不過……如果抽到我以外的人名，那個人就得死。」

「啊？死？」

「是的。比方說你抽到的是「雅人」，那你就得死。如果是「亞沙美」，亞沙美就得死。」

香鈴伸出粉紅色的舌頭舔了舔嘴唇說。

「這樣的遊戲規則很簡單吧？」

「不、不行！我絕對不玩這樣的遊戲！」

雅人用力搖頭拒絕。

「這樣太不公平了！如果選到妳的名字，妳也不會死吧。再說，我們有2個人，被選中的機率高多了！」

「是啊。以簡單的機率來看，選到寫有我名字的紙條機率是33％，對你們而言的確比較不利。不過這也是沒辦法的事，因為要是我死了，命令就無法解除了。」

「既然這樣，就妳跟我兩個人對決！亞沙美不需要參加。」

「那可不行。亞沙美必須參加這個遊戲。」

「拜託妳，不要把亞沙美牽扯進來。」

看到雅人拼命低頭哀求，亞沙美開口了。

「雅人，我願意參加這個遊戲。」

「傻、傻瓜！妳在說什麼。要是我選到寫有妳名字的紙條，妳就會死啊。」

「我知道。可是國王遊戲不解除的話，結果還不是一樣。因為我們決定不殺人，所以過了凌晨3點就要接受懲罰。與其這樣，我寧願試試這個機率低的抽籤遊戲。」

亞沙美揚起雙眉，瞪著香鈴說。

「這個遊戲是妳提出來的。到時候雅人要是抽到妳的名字，妳就會放了我們是嗎？」

「沒錯。選到我的名字，我不但會解除命令，還會放了你們。或者，妳和雅人之中一個人死去，我也會釋放另外一個。」

「那就這麼說定了。」

「亞沙美！」

雅人被綑綁的雙手拼命地掙扎，他靠近亞沙美說：

「妳不要自作主張！抽籤的人是我！我絕不會玩這種遊戲的！」

「為什麼不玩呢？」

「我害怕會抽到妳的名字啊！」

雅人握著拳頭，全身顫抖地大喊。

「我死不足惜。雖然我也不想死，但是在這種情況下也只有認了！可是萬一，我選出來的結果是要殺死妳的話，那……」

雅人緊咬著牙，視線落在地上。

——不行！我做不到！我不要玩這麼恐怖的遊戲！

看著那三張被折起來的紙，雅人的背上不斷地滲出汗水。

「不行！我無法選擇！」

「你必須選，雅人！」

亞沙美神情嚴肅地看著雅人。

「就算我們不參加這個遊戲，遲早也會死。不要把它想成是殺人遊戲，要當成是求生的機會。」

「求生的機會……？」

「是的。就算我會因為你的選擇而死，我也毫無怨言。所以你一定要下定決心，能死在你手上，我心甘情願！」

聽到亞沙美的話，香鈴發出像風鈴般的笑聲。

「原來如此。亞沙美，妳這個軍師還真是有遠見啊。」

「軍師？這話什麼意思？」

「你不需要知道，雅人。倒是你，已經有覺悟了嗎？如果不想玩的話，我現在馬上殺了你們兩個，然後離開這裡。」

「……好、好吧！」

雅人深深地吸了一口氣。

「我玩就是了。可是妳必須答應我，要是我選到妳的名字，就解除國王遊戲的命令。」

「我答應你，向我深愛的你發誓。」

香鈴的眼睛瞇成了一條細線。

「那麼，開始選吧。你要選哪一張？」

雅人的心臟噗咚噗咚地狂跳。眼前的地板上放著3張折起來的紙條。他試著從紙條微張的縫隙窺視裡面的文字，不過什麼也看不到。

「沒用的。這房間的光線比較暗，而且為了避免裡面的字曝光，我折得很密實。」

「……可惡！」

「趕快選吧！如果這世上有神，而人類又那麼渴望能得到神的眷顧，我想你會選到我的，對吧？」

「住口，不要讓我分心！」

雅人注視著放在眼前折起來的紙，冷汗不斷從額頭滴落到地上。

——是哪一張呢？哪一張紙上面寫了香鈴的名字？只要能選到那張，我和亞沙美就能活下去，而且國王遊戲的命令也會解除。就算以後的人生中，每次猜拳都輸也沒有關係，所有的遊戲都打不贏也無所謂。請讓我這次的願望實現吧。求求老天爺……

「我……我選中間這張。」

雅人舉起被綁住的雙手，點了一下放在中間的紙。香鈴拿起雅人選的紙。

「就這一張嗎？雅人？」

「……」

「雅人？」

「……嗯。就是那張！我選的就是那張！」

雅人的眼睛泛紅，扯著嗓子大喊。

「快打開來看吧！香鈴！」

「不要那麼凶嘛。不想換別張嗎？現在還來得及喔。說不定改選左邊或右邊，會比較好喔。」

「我不想換！我已經決定好了！就是那張！」

「真的要這張嗎？萬一，這裡面寫的名字是雅人或亞沙美，你們其中一個就會死喔。」

「我知道！這點我很清楚！」

瞪著香鈴的雅人，忍不住咆哮。

「快點！把裡面寫的名字亮出來給我們看！」

「那麼，我要打開囉。真令人緊張啊。」

香鈴慢條斯理的動作，像是故意要釣雅人胃口似的。當她那雙細瘦白皙的手打開紙的瞬間，眼睛立即發出像貓眼般的光芒。

「不愧是『地方英雄』雅人，居然會選到這張。」

「到、到底寫的是誰？」

「不是雅人的名字。」

「不……不是我的名字？那是……」

雅人交互看著香鈴和亞沙美，喉頭的部分像波浪般起伏。

「那、那麼，紙上面寫的是妳的名字對吧？」

「這個嘛，是誰的名字呢？不是雅人，那就是我和亞沙美其中之一囉。」

「一定是妳的名字，所以才不讓我看！」

「你這麼認為嗎？」

「沒、沒錯！一定是這樣。妳要信守承諾，解除國王遊戲的命令！」

「沒錯，我會遵守承諾。所以亞沙美，妳只好死囉。」

香鈴把那張紙拿到雅人的面前攤開，上面用平假名寫著『亞沙美』的名字。看到這幾個字的瞬間，雅人全身的血液彷彿瞬間凝固了，眼前的視野開始扭曲變形。

「亞……亞沙美……」

就像是缺少潤滑油的機械，雅人不自然地轉動著脖子。他看到亞沙美也對著那張寫有自己名字的紙條發楞，久久無法言語。

經過幾十秒的沉默之後，亞沙美幽幽地嘆了一口氣。

「好……是我的名字沒錯。我認了。」

「不，等、等一下！」

雅人用蒼白的臉對著香鈴說。

「香鈴，讓我代替亞沙美死！這樣應該可以吧！」

「當然不行。這遊戲是我們三個人同意玩的。」

「可是對妳來說，誰死根本沒差不是嗎？而且妳也說過，想要跟我一起死，我會實現妳的心願的。」

「情況改變了。我現在是再生組織的高階領導人，我的任務是讓 CHILD 統治這個世界。雖然我也很想跟雅人你一起死，不過這註定是個悲劇。」

香鈴遺憾地搖搖頭說。

「亞沙美必須死的事情，已成定局了！」

「香鈴！我拜託妳，放了亞沙美吧！」

看到雅人磕頭哀求的模樣，亞沙美忍不住伸出被綁住的雙手，放在他的肩膀上。

「雅人，不要緊的。我已經做好心理準備了。」

「亞沙美，妳不要插嘴！我是在和香鈴說話！」
「夠了。我隨時都可以死，我不在乎。」
亞沙美用銳利的視線瞪著香鈴。
「我絕對不會向妳求饒的！」
「喔？此話當真？我本來還想說，要是妳向我下跪求饒，或許我會考慮重玩一次呢。」
「妳這個背叛人類的傢伙，我才不會向妳下跪呢！我能夠諒解雅人的選擇！」
亞沙美轉頭看著雅人說。
「雅人……都是因為你，我才會死，這是事實。」
「亞……亞沙美。」
「可是，這沒有什麼大不了的。反正，遲早我也會受到國王遊戲的懲罰而死。」
「可……可是……是我害了妳……」
雅人的牙齒喀嗞作響，全身顫抖不止。
——是我害了亞沙美。要是我沒有選中間那張的話，亞沙美就不會死。為什麼我要選那張呢？如果選左邊或是右邊的話，也許上面寫的就是香鈴的名字。不，就算是我的名字也沒關係。可是為什麼我偏偏……
雅人聽到自己紊亂的呼吸聲，眼眶裡的淚水模糊了亞沙美的身影。
「亞沙美……對、對不起。對不起。」
「不需要道歉。在這種絕望的狀況下，我沒想過要活下去。」

亞沙美噙著眼淚，溫柔地笑著說。

「我覺得很幸福，所以，你不要哭，雅人。」

「嗚嗚……」

在泣不成聲的雅人胸前輕輕地拍了兩下後，亞沙美轉而面對香鈴。

「好了，妳隨時可以動手了。要瞄準頭部或心臟隨妳高興。」

「咦？妳已經做好心理準備啦？」

「沒錯。我想說的話都說完了。」

「哼……嗯，那好吧。」

香鈴對著拿槍的松井這麼說：

「松井，按照遊戲規則，你開槍殺了亞沙美吧。」

「射頭部可以嗎？」

「……還是射腳好了。這樣是不是會大量失血而死？」

「是的。可是會花比較多時間。」

「好，那就這麼辦。」

「是。」

松井走近亞沙美，槍口對準亞沙美的大腿扣下扳機。砰的一聲，迷彩服被射穿一個洞的亞沙美，臉上露出極為痛苦的表情之後倒地。

「好，遊戲結束了。松井，搬運奈米女王的事就麻煩你了。」

香鈴說完之後，把頭靠近張著嘴抽搐不已的亞沙美耳邊。
「亞沙美，妳要感謝我喔。」
「這……這話是什麼意思？」
「妳還要過些時間才會死。我想妳應該有話要對雅人說吧。」
「……」
「那麼，再見了。雅人，你也要保重喔。」
香鈴在神情恍惚的雅人面前放了一把小刀後，跟著松井一起離開了房間。

【9月27日（星期一）下午2點32分】

「亞、亞沙美！」

雅人一面呼喊亞沙美的名字，一面急著拿小刀割斷身上的繩子。

「妳、妳不要緊吧？」

「怎、怎麼可能不要緊呢……」

亞沙美的雙手按住中彈的大腿，失去血色的嘴唇歪了一下。

「我想……應該是射穿動脈了。照這樣的出血量，我很快就會死了。」

「很快就會……死了？」

雅人啞著嗓子說。從亞沙美身上流到地面的血水，沾濕了雅人的牛仔褲。

「怎麼可以……」

雅人不敢置信地看著眼前的景象，不停地眨眼。亞沙美痛苦的表情並沒有消失，這讓雅人明白眼前發生的一切都是真實的。

「對、對了，我馬上找醫生來……」

「沒……沒用的。」

「怎麼會沒用呢！聽政府那邊應該有醫生才對，距離這裡又不遠，只要30分鐘就可以趕回來了。」

「我撐不過……5分鐘了……」

亞沙美轉動纖細的脖子，抬起臉看著雅人。
「如……如果是頭部中彈……早就死了吧。從某方面來說，我是該感謝冰室香鈴……」
「感謝香鈴？那傢伙為了折磨妳，才會故意射妳的腳啊！」
「不是的。冰室香鈴是想給我時間，讓我可以跟你說話……」
亞沙美握住雅人的手。
「雅人……有件事，我一定要告訴你……」
「妳先別說這些，我去叫醫生來。」
「不要，你聽我說！」
亞沙美音量變大，握住雅人的手也變得更加用力。
「雅人……我……」
「什、什麼事？妳想跟我說什麼，儘管說。」
「謝……謝謝……那麼，我要說了。」
深深吸了一口氣之後，亞沙美張開顫抖的嘴唇。
「我……我喜歡雅人。我……愛你……」
「咦……？」
雅人張著嘴，注視著亞沙美。
「……喜歡我？妳在說什麼？」
「我在向你……告白，你真的很遲鈍……不過……我也是最近才發現……自己的感情……」

亞沙美的呼吸紊亂，蒼白的臉帶著微笑。

「說來真的很奇妙……我們才相處2天的時間而已……」

「等等，之前妳不是才說……有喜歡的男生，可是不敢向他告白嗎？」

「那……那個男生就是你……」

「啊……」

「你救過我的命……我也救過你……也許就是因為這些原因吧……」

「妳真的喜歡我？」

「我都快死了……何必說謊……傻瓜……」

亞沙美的眼睛瞇了起來。

「你、你還不知道自己的魅力。雖然你這個人單純又傻氣，想法也很天真……可是卻很善體人意……勇氣過人……」

「我……我才沒有勇氣呢。」

在亞沙美的注視下，雅人別開了視線。

「當我選到那張寫著妳名字的紙時，我還拜託香鈴重來一遍。因為我想要救妳……我怕我會害死妳，所以才苦苦哀求香鈴。」

「這就是……你的優點吧……」

「亞沙美……」

「雅……雅人，我想聽聽……你的回答……」
「回、回答？」
「是、是的……」
亞沙美被綁住的雙手扶著地面，吃力地撐起身體。
「我……喜歡你……那你呢？」
「啊……」
「你快回答我……我已經沒時間了。」
「我……」
雅人感到喉嚨乾渴，心臟彷彿快要裂開般痛苦。他望著深情款款注視自己的亞沙美。
「亞……亞沙美……」
「嗯……」
「妳是個好女孩，認真而堅強，長得又很可愛。」
「嗯……」
「可是，我無法接受妳的感情。」
雅人用顫抖的聲音回答。
「我已經有了美咲。雖然她死了，可是除了她之外……我不想接受其他女孩的感情。」
「是……是嗎……」
亞沙美幽幽地微笑著。

「我就知道……你一定會這麼回答。因為……你曾經說過，你只喜歡美咲……」

「既然妳知道，為什麼還要告白呢？妳應該知道我會拒絕啊。」

「我只是……不想留下遺憾……這樣我才能了無牽掛地離開……」

亞沙美的身體倒向一邊，雅人趕緊將她扶起。

「亞、亞沙美！」

「本……本來……我還抱著……一絲希望……」

「對不起……對不起。」

「你不需要道歉……我現在……很幸福……」

「幸福？怎麼可能幸福呢！妳受了槍傷，還被我拒絕，怎麼會幸福！」

「因為……我能死在……我所愛的人懷裡……」

「亞沙美……」

「要是……能早點認識你就好了……」

亞沙美的頭無力地垂下。

「喂、醒醒啊！」

對於雅人的呼喚，亞沙美沒有任何反應。看著不再呼吸的亞沙美，雅人的身體喀噠喀噠地顫抖著。他用力搖晃亞沙美的肩膀，不斷呼喊她的名字。

「亞沙美！回答我啊！」

「……」

「亞沙美……」

明白亞沙美死去的這一刻，雅人的淚水潰堤了。泣不成聲的他，只能任由眼淚不停地滑落。

「對不起……明知道妳對我的心意……我卻不能實現妳的願望。」

蒼白的臉上帶著微笑的亞沙美，看起來是那麼幸福，彷彿死得心滿意足，了無遺憾。

「什麼『地方英雄』！我根本誰都保護不了啊！」

雅人抱著亞沙美的身體痛哭失聲。

【9月27日（星期一）下午3點15分】

「對不起，亞沙美。」

雅人對著躺在自己床上的亞沙美輕聲地這麼說。

「這附近沒有地方可以幫妳做墳。如果妳還能說話，一定會罵我『有時間做墳，還不快去抓冰室香鈴』，對吧？」

微笑的雅人，撫摸著亞沙美冰冷的臉頰。

「我又何嘗不想早點抓到香鈴，可是我實在想不出那傢伙會躲到什麼地方。而且……」

視線移到窗外，好幾個男人的屍體就倒臥在路上。

「CHILD在這附近出沒，而且殺了好幾個人。我不清楚他們和再生之間有多深的關聯，也許他們認為趁人類因為國王遊戲而自殺殘殺的這個時候，是他們大開殺戒的好機會吧。」

他把手貼在窗戶上，喃喃地說著。

「為什麼人類要殺人類呢？只要大家團結起來，根本不難抓到香鈴啊。每次想到這件事，我就覺得悔恨不已。」

雅人突然感覺身體變得好沉重，於是在地上坐了下來。他看到堆放在床底下的相簿，便伸手去拿。

這些相簿都是雅人從老家帶來的，裡面放了好幾張他小時候的照片。看到照片中一起合影的雙親，雅人不禁露出微笑。

「這時候的爸媽好年輕喔，既沒有白頭髮，身材也保持得很好。要是我在媽面前說這些，一定會挨打吧。」

正在一頁頁回味的時候，雅人發現了其中一張那由他穿著體操服的照片。當時還在念中學的自己就站在他旁邊，那由他的父母也站在背後微笑合影。

「那由他……」

雅人的喉頭像生物一樣地起伏。

——那由他會變成CHILD，就表示他爸媽一定死了吧。以前他們一家人的感情明明是那麼融洽啊！

雅人的腦海裡浮現那由他向父母撒嬌的畫面。

「大家……都死了。」

雅人把相簿放在地上，自己也躺在地上休息。望著熟悉的白色天花板，強烈的睡意毫無預警地襲來。

眼皮似乎越來越重，視野也逐漸暗了下來。

「睡個覺好了……睡一會就好……」

雅人的意識漸漸地模糊了。

【9月28日（星期二）凌晨2點30分】

「把狀況說明一下。」

北海道廳政府的知事辦公室裡，藤澤對部下高倉這麼說。高倉看著手上的資料，打開閉成一條線的嘴唇。

「目前尚未掌握關於冰室香鈴的下落。她很可能就躲在札幌市內，可是我們能夠動用的軍隊實在太少了。」

「高中生部隊全軍覆沒的消息是真的嗎？」

「是的。聽說已經在創成中學發現他們的屍體了。從現場的跡證看來，很可能是遭到大批CHILD的攻擊。」

「真不敢相信，神崎斗志雄率領的部隊居然會被殲滅……」

藤澤眉頭深鎖，無奈地搖頭。

「實在太可憐了，他們都還是未成年的孩子啊。」

「的確是很遺憾。除了他們之外，包括青少年在內，北海道已經犧牲很多人了。即使是在我們說話的這一刻，也有人正在死去。」

「被人類殺死的數量，好像比被CHILD殺死的數量要多呢。」

「是啊。因為這次的命令是只要殺一個人就能延長壽命。對那些殺人如麻的傢伙來說，在時限之前殺幾十個也不是問題。」

「是啊。只殺1個人的話根本沒有意義，因為只能延長1年的壽命而已。」
「也不盡然完全沒有意義。」
高倉從胸前掏出一把槍，放在桌上。看著放在眼前的槍，藤澤吃驚地問道：
「這是怎麼回事？」
「您的生命只剩下30分鐘，這樣是不行的，至少也要多活1年才夠。」
「你是要我拿這個去殺人，好讓自己多活一些時間？」
「沒錯。因為您有義務要保護北海道的老百姓。」
「這個……我辦不到。」
藤澤放在桌子上的手緊緊地交握著。
「的確，考慮到未來的話，現在是很需要一個能夠整合北海道的指導者。可是，我無法動手殺人。」
「那麼，明天以後要由誰來發號施令？」
「……交給小山副知事吧。他想保護北海道的決心非常強烈。」
「不能交給小山副知事。他為了延長自己的壽命，不惜殺死年邁的雙親。雖然他沒有殺死家族以外的人，可是他動手的時間太早了。」
「太早？」
「是的。聽說副知事在下午3點之前，就把躲在避難所的雙親殺了。儘管我們抓到冰室香鈴的可能性不大，可是他的殺人決定，下得太早了。」

「殺人決定……」

「是的。所以說，下定決心犧牲自己，也絕不殺人的您，才是領導北海道的最佳人選。」

高倉把手上的資料交給藤澤。

「那上面的職員名單，是2個小時前在抽籤遊戲中存活下來的人。」

「抽籤遊戲？」

「就是2人一組，彼此餵對方吃藥。其中一方拿的是維他命藥丸，另一方是毒藥。」

「這不是要他們互相殘殺嗎？」

「是的，不過雙方都同意這麼做。否則再這樣下去，大家都會死。」

「可、可是，這種方式太不人道了……」

藤澤拿起手帕擦拭額頭上冒出的汗珠。

「這是你下達的指令嗎？」

「是的。我們不能因為國王遊戲的命令而全軍覆沒，要是沒有人活下去的話，北海道就完了。」

「你是要我指揮大家嗎？」

「是的。您到目前為止都還沒有殺過人，百姓一定會願意追隨您的！」

「……要跟我對決的人選，也安排好了嗎？」

「就在您的眼前。」

聽到高倉語氣平淡的回答，藤澤瞪大了眼睛。

「你、你要我殺你？」

「是的，我誰也不殺。也就是說，再過幾十分鐘，我就會受到國王遊戲的懲罰而死。所以請長官放心地殺我吧，反正我遲早都會死。」

「笨蛋！我怎麼可能下得了手！你是跟隨我最久的部下啊！」

「所以我是最適合的人選。希望長官您能殺了我，然後背負這個罪活下去。」

高倉冷靜的聲音迴盪在知事辦公室裡。

「明天以後還活著的人，全部都殺了人。如果您不背負同樣的罪，就無法指揮大家！」

「……你要我背這麼痛苦的罪嗎？殺死我最重要的部下，拯救陷入絕望之中的北海道？」

「沒錯。我不是官員，只是個職員，請讓我痛快地死吧。對了……我把遺書放在辦公桌上了。」

「高倉……」

藤澤表情嚴肅地看著高倉。

「你真的願意被我殺死嗎？」

「只差十幾分鐘而已。國王遊戲的懲罰，說不定比被子彈打死還要痛苦。我這個人最怕痛了，從小就不敢去看牙醫呢。」

高倉淺淺地笑著說。

「請長官開槍吧，要瞄準心臟喔。」

「……高倉，你是我最優秀的部下，現在卻交給我這個最困難的任務。」

「那是因為我相信長官您。」

「你、你太看得起我了。不過，我也有所覺悟了。」

藤澤拿起手槍，槍口對準高倉的胸口。

「1年後我們再見吧。如果真有另一個世界，到時候由你來當我的長官。」

「到時候，你可要泡茶給我喝喔。」

「知道了。這段期間……謝謝你了。」

說完，知事辦公室裡傳出了槍響。

【9月28日（星期二）凌晨2點11分】

聽到房間的門被推開的聲音，雅人睜大了眼睛。他看到有個拿手電筒的人影正朝著他的方向走來。

「誰……？是誰？」

他撐起身體問，黑影停下了腳步。雅人警覺地撿起掉在地上的小刀。

「請等一下！」

是一名女子的聲音。手電筒的燈光照在女子的臉上，她看起來年約20歲，身上穿著水藍色的T恤，頭上紮著馬尾，臉上還戴著一副黑框眼鏡。

女子發出驚喜的笑聲，繼續向雅人靠近。

「太、太好了！有人活著耶！」

「妳、妳是誰？」

聽到雅人這麼問，女子張開纖薄的嘴唇回答。

「對、對喔，我都忘了自我介紹。我叫高田友子，朋友的友，孩子的子。友子。」

「妳、妳怎麼會進來我房間？看起來……不像是要殺我。」

「是啊，我是不想殺人。」

「那妳來做什麼？」

「在我回答之前，你先回答我一個問題。那邊死掉的女孩，是你女朋友嗎？」

友子用手電筒照著躺在床上的亞沙美。亞沙美慘白的臉孔頓時在黑暗的房間裡浮現。

「……不，她不是我女朋友，不過，是我很要好的朋友。」

「這樣啊。你看起來應該是好人，眼睛很明亮。已經沒時間了，就選你吧。」

「選我？妳要做什麼？」

「我要把我的命送給你。」

友子微笑著說，眼鏡後面的眼睛閃爍著光芒。

「國王遊戲的懲罰就快要開始了。我決定不殺人，所以很快就會受罰而死。在此之前，我希望讓我這條命發揮利用價值。殺了我，你就可以多活1年不是嗎？」

「妳……妳為什麼要這麼做？」

「為了贖罪。」

友子把左手的手背伸出來給雅人看。她的手指戴了一個戒指，上面還有正三角形組合而成的圖。

「我曾經是再生的信徒。」

「再生的信徒？」

「啊……你不需要再提防我了，我已經退出了。」

友子把戒指脫下來扔到地上。

「因為我發現再生根本是錯的。」

「怎麼說？」

「再生的教義是要創造一個所有生物都可以和平共處的世界。為了實現這樣的理想，地球應該交給比有缺陷的人類還要優秀的 CHILD 來管理。但是事實上，CHILD 是非常危險的生物。」

「危險的生物？」

「是的。CHILD 擁有人類的記憶和知識，但是卻比人類更殘酷。」

友子神情嚴肅地說道。

「由於他們沒有道德感，所以把殺死其他生命，例如殺死人類，視為理所當然……由這樣的 CHILD 來統治人類，非但無法實現我理想中的世界，甚至還會變得比現在更糟糕。」

「這種事打從一開始我就料到了。」

雅人握緊拳頭大聲說道。

「妳知道過去這段時間，CHILD 殺了多少人嗎！他們不是完美的生命，而是怪物！」

「是啊，可是我們以前都沒有發覺。而且很多初階的信徒，還自願提供自己的身體，當作孕育 CHILD 的溫床。」

友子輕輕地晃動手電筒的燈光。

「變成 CHILD 的人會和人類進行交配，用這個方法增加自己的同類。再生的高階指導人告訴我們，這是正確的行為，是為了恢復美麗地球的必要過程。」

「實在太離譜了……」

「當時，我深深相信這是非常美好的事情。可是，當我在石狩灣新港的倉庫裡，親眼看到慘不忍睹的景象時，當下就覺醒了。」

「倉庫？慘不忍睹的景象？」

「我看到從人類身體裡生出來的CHILD。他們撕開人類的皮膚，全身血淋淋地從裡面鑽出來。」

友子瘦弱的身體不停地顫抖。

「我的工作就是清理那些CHILD脫掉的人類軀體。先切成肉屑，再丟進大海裡。港口附近的魚一定很開心吧，因為每天都可以吃到營養豐富的飼料。」

「唔……」

想到染血的水面上漂浮著人體的肉屑，雅人就感到胃液不斷地往上湧出。

「……那些人，都是自願變成CHILD的嗎？」

「我想，他們是被洗腦了。再生會要求信徒參加好幾次的洗腦儀式，利用這種方式改變他們的人格。一旦體內孕育了CHILD，信徒的個性也會大變，期待自己蛻變成CHILD。很多人即使肚子被撕裂，臉上還是帶著笑容。當然，偶爾還是會發生信徒因為害怕而脫逃的事件。電視新聞不是播過嗎？垃圾場曾經發現好幾具人類的屍體。」

「啊……」

「我們所做的事，也許是在繁殖毀滅地球所有生物的惡魔。雖然現在後悔也來不及了。可是，我還是希望我的生命能對人類有所貢獻。」

友子指著雅人手上的刀子說。

「動手吧，沒時間了，用那把刀子殺了我。我背叛了人類，請給我贖罪的機會。」

「我、我怎麼可能殺妳呢！」
「為什麼不可能？對你而言並沒有損失，還可以延長1年的壽命啊。」
「我並不想為了苟活而殺人。」
「喔？這麼說，你至今連一個人都沒殺過嗎？」
「是的，我沒有殺人。」
聽到雅人這麼說，友子笑了笑。
「你真是個好人……能被你這麼高尚的靈魂殺死，我的罪應該可以得到赦免。能在最後這一刻遇見你，一定是神的旨意。」
「……妳的想法實在很奇怪。」
「怎麼會呢？我只是想用自己的生命贖罪，會這麼做的人很少呢。」
「就算妳死了，之前犯下的罪也不會被赦免的。」
看著友子臉上帶著詭異又瘋狂的笑容，雅人揚起雙眉說道。
「我才懶得理你們呢。一味地相信自己的妄想，現在又要輕易地捨棄生命。人類並不全是你們想的那樣！很多人想要珍惜這僅有的生命。可是，你們剝奪了他們的權利，還編了一大堆似是而非的道理！」
「那你說我該怎麼辦？我該怎麼做，才能得到赦免呢！」
「這個……妳問我，我也不知道。可是我確定，妳為了得到救贖，輕易地捨棄自己的生命，這種做法是錯的！」

「……你真的不在乎嗎？不殺我的話，你會死於國王遊戲的懲罰喔。」

友子帶著不可思議的表情，看著雅人。

「你也不想死，對吧？」

「那是當然了！我之所以能夠活到現在，都是因為朋友的犧牲。為了他們，我絕不會死。可是要我服從國王遊戲的命令而殺人，更不可能。我絕不會那麼做的！」

「傻瓜，嘴巴上一直說自己不會死，卻又不採取任何可以活命的行動。」

「就算是傻瓜，也會有自己的堅持！」

「我知道了。雖然覺得遺憾，但是這種事也勉強不來。我去找其他……人……」

友子的聲音突然中斷，手電筒也掉到地上。原本注視著雅人的瞳孔向上吊起，消失在眼皮下。

「啊……啊……」

「喂！妳……妳不要緊吧？」

「咳……咳噗……」

友子張開的嘴裡流出大量的唾液，一直蔓延到胸前。脖子無力地偏斜，雙腳跪在地上。雅人趕緊抓住向前傾倒的友子的手腕。

不料，被握住的那隻手腕開始萎縮，指尖流出濕黏的液體。

「哇啊……這、這是什麼……」

雅人看著友子的手腕逐漸萎縮成手指一般粗細，上面還殘留著被雅人抓住的痕跡。那隻手無力地擺盪，彷彿裡面已經沒有了骨頭一樣。

「咳噗……」

友子的頭垂向一邊，眼睛看著天花板；雙頰的皮膚下垂、眼球異常突出；肩膀下垂，軀體的皮像折起來一樣堆疊在地上。

平坦的頭部微微地抖動，外露的牙齒喀啦喀啦地響著。看到友子那對瞪著自己的眼球，雅人忍不住往後退。

他把背貼在窗戶上，調整紊亂的呼吸。

「這是國王遊戲的懲罰嗎……」

雅人閉上眼睛，十指交握放在胸前。

「對不起，美咲、和彥、耕太、亞沙美、爸、媽……」

雅人嘴裡喃喃唸著死去的家人和朋友的名字，拼命地想要壓抑內心的恐懼。

——結果到最後，我仍然一事無成，而且只比美咲多活一些時間而已。好不容易找到了香鈴，卻一點辦法也沒有……

他感覺到身體內部彷彿開始融化，汗水滲滿了全身。

「可惡！這就是我死去的方式嗎！」

雅人咬著牙，瞪著牆上時鐘的指針。已經過了3點19分，秒針還在滴答作響。

到了3點20分，雅人的表情有了變化。

「為什麼？為什麼我沒有受到懲罰？」

在這次國王遊戲的命令中，住在北海道的人只能活1天，想要延長壽命就必須殺人。既然自己沒殺人，照理說應該會受到懲罰才對啊。

「為什麼……」

【9月28日（星期二）凌晨3點23分】

此時，口袋裡的智慧型手機鈴聲響起，畫面上出現【冰室香鈴】的來電顯示。

雅人把手機貼在耳邊。麥克風傳來像風鈴般的說話聲。

『啊……你果然還活著，雅人。』

「香鈴……」

『太好了，電話總算接通了。大概是人變少的緣故吧？也或許是我和你之間繫著一條命運的絲線喔。』

「廢話少說。妳為什麼要救我？」

『你弄錯啦，救妳的人是亞沙美才對。』

「亞沙美？」

雅人轉頭看著床上的亞沙美。

「為什麼……這跟亞沙美有什麼關係……啊……」

『你現在才發現嗎？沒錯，殺死亞沙美的人是你。不，正確說來應該是她讓你有這樣的想法。』

「讓我有這樣的想法？」

『嗯，你還記得嗎？當你選到那張寫有亞沙美名字的紙條時，她說都是因為你她才會死。亞沙美是故意想灌輸罪惡感給你的。』

「罪惡感……」

雅人回想起抽籤的那個時候，亞沙美對他說的那些話。

「啊……」

『罪惡感讓你以為是你殺了亞沙美，你體內的凱爾德病毒也是這麼想，宮內雅人殺了亞沙美。』

「亞沙美她……想得這麼周到？」

亞沙美的話再度浮現腦海。

「她為了救我……」

『那就是愛。對了對了，亞沙美向妳告白的結果怎麼樣？』

聽到香鈴的問題，雅人楞了一下。

「妳怎麼知道亞沙美向我告白？」

『哈哈哈，我一眼就看出亞沙美喜歡你，而且我還幫你們兩個製造獨處的時間呢。結果到底怎麼樣嘛？』

「……我拒絕她了。因為我的戀人只有美咲一個。」

『哎呀呀，好可憐喔。亞沙美犧牲自己幫你延長壽命耶。看來，就算我向你告白，大概也沒希望吧。』

「我一點也不想跟妳交往。」

『嘎！你之前不是還說什麼，幻想過我的入浴畫面嗎？』

「那是妳神智還正常的時候！不說這些了，快點解除國王遊戲的命令吧！」
雅人對著智慧型手機大吼。
「不要再讓人類自相殘殺了。妳已經玩夠了吧！妳的父母被搶匪殺害的事，我很遺憾，可是妳應該知道，並非所有人類都是那個樣子！」
『你又想說服我啦？你這個人真是不死心耶。人類的本質惡劣，自我意識又強，所以才會攻擊其他人，戰爭也永遠無法消失，如果是 CHILD 統治的世界就不會這樣了。除了求生存最低限度的殺戮之外，不會有其他的爭端發生。』
「誰說的！CHILD 不是完美的生命！他們是比人類還要危險的生物！」
『咦？你什麼時候這麼了解 CHILD 的生態啦？』
「只要跟他們交過手就會明白！CHILD 根本就是怪物！他們才不想創造什麼和平的世界，而是一群擁有共同意識的殺人集團！」
『看來，我們的對話完全沒有交集呢。』
香鈴嘆了一口氣說。
『既然這樣，那你就證明給我看吧。』
「證明？證明什麼？」
『證明人類比 CHILD 還要優秀啊。如果你能證明的話我就把 CHILD 全部消滅。』
聽到香鈴的話，雅人屏住了氣息。
「把 CHILD 全部消滅？這、這種事情有可能嗎？」

『當然，利用國王遊戲就行了。』

「利用國王遊戲？這話什麼意思？為什麼國王遊戲可以殺死CHILD？」

『因為全部的CHILD都感染了凱爾德病毒。』

「這、這怎麼可能！凱爾德病毒不是只傳給人類嗎？」

『不全然是這樣。CHILD本來是工藤智久的身體變化而來的新物種，肉體上和人類很近似，所以他們也感染了我們散播出去的新型凱爾德病毒了。』

雅人聽到香鈴嘆息的聲音。

『由於新型凱爾德病毒完全由奈米女王控制，從某方面來說是無害的病毒，不管對人類，還是CHILD都一樣。』

「妳的意思是，如果把國王遊戲命令的對象改成CHILD的話……」

『賓果！答對了。如果對CHILD發出難以達成的命令，就有可能消滅全部的CHILD。雖然CHILD本身沒有恐懼的情緒，可是他們對於滅種這件事，似乎比人類還要害怕呢。』

「既然這樣，那我求妳，請妳利用國王遊戲消滅CHILD吧！」

雅人對著智慧型手機發出哀求。

「如果他們數量不斷增加的話，不光是北海道而已，全世界的人都會被殺死的。僥倖活下來的人類，會被當成繁殖CHILD用的家畜啊！」

『既然這樣，那你就向我證明人類比CHILD優秀吧。這樣，我就答應你消滅全部的CHILD。』

「我該怎麼證明呢？」
『嗯，這樣吧，你和CHILD對戰。你贏的話，我就承認人類比較優秀。嗯嗯，這個點子很不錯對吧。』
「要我和CHILD對戰？」
『是啊。而且對手是……那由他，怎麼樣？』
「那由他……？妳、妳在開什麼玩笑？」
雅人緊握住智慧型手機大喊。
「那由他是我的好朋友，我怎麼能跟他對戰呢。」
『咦？真奇怪。那由他已經變成CHILD了，剛才你不是還拜託我，要我把CHILD全部消滅嗎？或者，你不想玷汙自己的手？』
「這、我……」
『要殺死外表跟自己好友一模一樣的CHILD，的確需要很大的勇氣。可是，為了人類的未來，他就必須死，你不這麼認為嗎？』
「……為什麼妳要這樣折磨我？」
雅人用顫抖的聲音質問香鈴。
「我跟那由他情同手足，就算他變成了CHILD，記憶應該也不會完全消失吧。而妳現在卻要我殺了這樣的他？」
『沒錯。因為我喜歡看到你受折磨的痛苦模樣。而且我要你知道自己的想法是錯的。如此一來，就算你的肉體消失了，精神也是屬於我的。』

「妳還在說這種話！我就算死了，也不會屬於妳！」

『這很難說喔。愛並非永恆不變，就像人的想法會改變一樣，愛情也是會變的。等你明白我的想法正確的那一天，就會愛上我了。』

「香鈴……」

『好了，你打算怎麼做？要不要向我證明人類比CHILD優秀啊？』

「……只要殺了那由他……不，只要殺了外表像那由他的CHILD，妳就答應消滅所有的CHILD嗎？」

『嗯。如果你辦得到的話。不過我想那是不可能的。』

智慧型手機那邊傳來喀噠喀噠的鍵盤聲。

『你知道石狩灣新港吧？我會和那由他在那裡等你。到時候你就在我面前，證明人類比CHILD優秀給我看吧！』

「……好，我去。」

『哈哈哈，終於下定決心啦？好期待喔。最厲害的CHILD對抗地方英雄呢。要是實況轉播的話，一定會有很高的收視率吧。那麼，待・會・見・囉！』

才掛斷電話，簡訊的鈴聲又響了起來。雅人趕緊查看手機畫面。

【9／28星期二03：27　寄件者：國王　主旨：國王遊戲　本文：這是所有居住在北海道的人和CHILD所進行的國王遊戲。國王的命令絕對要在24小時內達成。※不允許中途棄權。※

命令9：宮內雅人和霧原那由他進行對決，宮內雅人贏的話，所有的CHILD都要受懲罰。霧原那由他贏的話，所有的人類都要受懲罰。　END】

「所有的人類都要受懲罰……」

雅人握著智慧型手機的手，幾乎沒了血色。

第5章

命令9

9/28 [TUE] AM 03:30

【9月28日（星期二）凌晨3點30分】

「亞沙美……我要走了。」

雅人對著床上的亞沙美合掌道別。

「因為，我還有很重要的事情非去做不可。等結束之後，我會再回來這裡，好好把妳安葬的。」

想到變成CHILD的那由他現在所擁有的壓倒性力量，雅人不禁感到憂慮。

——我還有可能回到這裡來嗎？對方已經不是小時候一起玩耍的那由他了，而是最強悍的CHILD，有些部隊還被他殲滅了，而我只是一介凡人，有可能打贏那樣的傢伙嗎？

「唔……現在煩惱也沒有用！要是我死了的話，北海道的所有人都會死，所以我必須贏他才行！」

雙手在臉上拍打之後，雅人毅然決然地往走廊前進。

「總之，不能赤手空拳跟他打，得想個辦法弄到武器才行……」

雅人來到走廊前面，腳步突然停了下來。

【9月28日（星期二）清晨4點13分】

雅人一被帶到知事辦公室，藤澤馬上憂心忡忡地向他走來。

「雅人，原來你平安無事？」

「是的，讓知事擔心了，真是對不起。」

雅人低頭致歉。

「藤澤知事……你也活著啊。」

「……是的。是我一位很重要的好朋友犧牲自己，讓我活下來的。」

藤澤的臉上閃過痛苦的神色。

「就為了多給我1年的壽命。」

「我也一樣。是亞沙美為我延長1年壽命的。」

「啊……亞沙美也死了？這麼說，高中生部隊只剩下你活著了。」

「是啊。高中生部隊不幸遭到數百隻CHILD的圍攻，全軍覆沒。」

「咦？斗志雄死了嗎？」

「怎麼會這樣……那傢伙居然會死……」

雅人的腦海裡浮現斗志雄指揮作戰時的英姿。那個人總是面帶笑容，一副自信滿滿的態度，彷彿自己是天下無敵的勇者。

藤澤拍拍沉默不語的雅人肩膀。

「先不談斗志雄的事，現在最重要的是國王遊戲的命令。你不也是為了這件事回來的嗎？」
「啊、對了，我需要槍。光靠刀子是打不贏最強CHILD的。」
「槍？……可是，你會使用嗎？」
「我想請自衛隊的人教我。目前的情況，可容不得我說不會使用。」
「……好，我馬上安排。」
藤澤對站在門口的部屬下達指示，接著又從木桌下的抽屜裡取出一個長方形盒子，交給雅人。
「雖然還在實驗當中，不過這個你先拿去用吧。」
「這是什麼？」
雅人打開盒蓋，裡面放著一個約20公分長、3公分厚的黑色圓筒，前端還有一個半透明的護套。
「這是……注射針筒？」
「是的。裡面裝的是毒液。」
藤澤嘆了一口氣說。
「這是昨天運輸直升機空運過來的。雖然並非專門用來對付CHILD，可是已經確認，這種毒液可以置CHILD於死地。」
「並非專門用來對付CHILD？那麼，這毒液也會致人於死嗎？」

「你說對了。這是要用來當作武器所研發的毒液。」
「研發？是日本政府嗎？」
「你已經是高中生了，應該很清楚才對。世界上不管哪個國家都會開發武器，即使宣稱放棄戰爭的我國也一樣。表面上倡導和平，私底下卻開發殺死他國百姓的武器，人類也許真的是罪孽深重的生物吧。」
「為什麼……為什麼人類要互相殘殺呢？」
雅人看著注射針筒，低聲喃喃自語。
「國家和國家戰爭、民族和民族戰爭，個人和個人也要戰爭。就因為這種愚蠢的事情不斷重演，所以才會有再生那種想法的組織出現。冰室香鈴若不是因為雙親被搶匪殺害，應該也不會站在CHILD那邊才對。」
「說得也是……的確，人類或許是有缺陷的生物。為了霸佔更多的領土和財產，不惜發動鬥爭。可是即使如此，我還是覺得人類是很了不起的生物……」
「了不起的生物……」
「是的。人類是那種會為了愛，不惜犧牲自己的生物。我們就是因為這樣才能活下來，不是嗎？」
藤澤撫摸著多日沒有修剪的落腮鬍，笑著說。
「我都這個年紀了，還把愛掛在嘴邊，實在有點難為情。」
「愛……是嗎……」

「啊、現在沒有時間討論那些了。還是想想看，怎麼讓你在這次的命令中獲勝要緊。如果單純只是殺死霧原那由他的話，只需要動員剩餘的部隊去殺他就行。問題是，這樣不符合命令的要求吧。」

「終究，還是得由我去殺了那由他才行嗎……」

「是的。對方的力量和速度都遠超過普通人，又有驚人的再生能力，可以說是地球上最強的生物。」

「那麼，把注射器裡的毒液打進那由他的體內，我就能贏嗎？」

「可以！」

藤澤肯定地回答。

「這種毒液會以極可怕的速度破壞生物的基因和細胞，就連 CHILD 的再生能力也來不及反應。」

「既然這樣，只要想辦法接近那由他，應該就有機會了。」

「能夠這樣當然是最好……要是時間充裕一點，就能把毒液做成子彈了。」

「沒關係，我會想辦法的。」

「我想你應該明白，要是你輸了的話，所有北海道的人都會死。你有信心嗎？」

「當然沒信心。」

雅人的身體不由得顫抖。

「那由他不是殲滅了好幾支部隊嗎？跟那樣的怪物對決，我怎麼會有信心呢？」

「說得也是，的確如此。這真是個傻問題。」
「不過你放心，我絕不會死的。」
雅人意志堅定地對藤澤說。
「要是我在這時候死掉的話，上天國之後，一定被大家痛揍一頓。」
「會挨揍啊？呵呵，說不定喔。」
藤澤的雙唇兩端微微上揚。
「好，我會全力提供支援的。那麼，首先要查出霧原那由他的下落才行。」
「我已經知道他在哪裡了，就在石狩灣新港。香鈴說過，會跟他一起在那裡等我。」
「石狩灣新港……？既然已經知道地點，我們也快採取行動吧。霧原那由他就交給你對付，我們來逮捕冰室香鈴。只要能問出奈米女王的密碼，應該就能解除這次國王遊戲的命令了。」
藤澤激動地抓著雅人的手臂說。
「我馬上把倖存的人編成部隊。這是最後的機會，我們一定要活下去。」
「是！」
雅人強而有力的聲音在知事辦公室裡迴盪著。
會議室裡，一名年輕的自衛隊隊員正在指導雅人如何使用手槍。
「很簡單吧？只要扣下扳機，子彈就飛出去了。」

「是，謝謝你，久保田先生。」

「不用謝我了。要是你在這次決戰中沒有打贏那隻CHILD，我一樣會死。」

久保田瞇起眼睛，把手放在雅人的頭上。

「我因為抽籤而多活了1年的時間，可是我的同袍卻因此死去。多年來，我們都在同一個部隊裡出操受訓。那個人……他服毒之後應該很痛苦，可是他卻為我的生存感到高興。他的槍法比我準多了。」

久保田紅著眼眶說。

「我不想再看到伙伴死去了。」

「是的，我也一樣。」

雅人這麼回答的同時，會議室裡的門打開了。藤澤和一群穿著迷彩服的男人出現在門口。

藤澤快步跑向雅人說：

「雅人，快點離開這裡！」

「發生什麼事了？」

「CHILD攻來這裡了！而且是集體攻擊！他們大概知道我們人數銳減，所以趁機發動攻擊。」

藤澤的牙齒嘰哩作響，眼睛轉向站在雅人身旁的久保田。

「你快帶雅人從後門離開！CHILD礙於國王遊戲的命令，應該不會殺他才對，不過還是要小心提防！」

「知道了！我們快走吧，雅人！」

「等、等一下。」

雅人揮開久保田的手，對藤澤說：

「藤澤知事，我也要留下來戰鬥！」

「你在說什麼傻話！別忘了你有重要的任務在身。」

「可、可是……」

「放心吧，留在這裡的都是信念堅強的精銳，不會輸給CHILD那些怪物的。」

藤澤輕輕晃動手上的槍，狡黠地笑笑說。

「我已經學會怎麼用槍了。」

「藤澤知事……」

「好，快走吧！分館前面有吉普車在待命。無論如何，你一定要打敗霧原那由他！不要忘了，你身上背負著所有北海道人的生命。」

「是……是的！」

雅人大聲地回答。

【9月28日（星期二）清晨5點47分】

雅人跟著久保田一起跑下樓時，樓下突然傳出槍響。

「嘖！已經跑進屋內了嗎？」

久保田轉動手槍的射擊保險鈕，對後面的雅人說：

「聽好，雅人。發現對方攻擊要立刻開槍，千萬不能猶豫！在這種情況下發動攻擊的，就算是人類，也一樣是我們的敵人！」

「我知道了！」

雅人舉起手槍，視線左右來回移動。這時，樓梯下面出現一對穿著校服的男女。

他們看到雅人後，面無表情地爬上樓梯。久保田確認他們手上拿著刀子，趕緊扣下扳機。

槍響傳出的同時，走在前面的男子應聲從樓梯上滾落。

雅人發現跟在他背後的女子嘴裡吐出觸手，也立即瞄準她的臉。

「哇啊啊啊啊啊啊！」

一扣下扳機，女子的臉頰瞬間出現一個洞，濕黏的血液從洞裡流出，把她的上衣染成了紅色。

「咳……唔……」

女子的頭斜向一邊，眼神惡狠狠地瞪著雅人。久保田射出子彈之後，嵌入女子的額頭，她就這樣整個人從樓梯上面滾下去。久保田踩在女子蠕動的觸手上，大聲說：

「雅人！快走！這些怪物會分享情報，他們很快就會集結到這裡！」
「是！」
跨過女子發白的屍體後，雅人繼續往一樓跑去。
一踏出後門，外面滿是屍體。幾十名穿著迷彩服的男子倒臥在地，還有一堆像模特兒假人的CHILD也陳屍各處。看到那些男子的皮膚變成青紫色，雅人撇了一下嘴。
「可惡！他們遭到CHILD的毒液攻擊了嗎！」
「雅人，不要停！快往分館跑！」
久保田用力拍了一下雅人的背，雅人才又趕緊拔腿狂奔。背後的槍聲和哀嚎不絕於耳。
「可……可惡！」
「別管這些了，快跑！雅人！」
兩人往停在分館前的吉普車跑去。
「很好！雅人，你先進……」
話還沒說完，久保田的聲音突然中斷，身體啪的一聲倒臥在地，喉嚨噴出大量鮮血，臉色發青。一名口吐觸手的男子就站在四肢痙攣的久保田面前，觸手前端吐出從久保田喉嚨咬下的皮肉後，繼續朝呆然站立的雅人左手臂螫去。
「可……可惡！」
雅人朝觸手開槍。觸手瞬間汁液四濺，鬆開了雅人的左手。雅人再次把槍口瞄準男子的頭部，卻被男子先一步抓住手臂。一股像是被老虎鉗夾住般的強大力量，迫使雅人鬆開手中的槍。

「放、放開我！」

無視於雅人的抗議，男子繼續掏出刀子直接往雅人的手腕刺入。一陣尖銳冰冷的觸感，讓雅人的臉失去了血色。

「住手……」

就在刺痛感發作的瞬間，槍聲響起了。男子側頭部噴出一柱鮮血，身體同時往一邊傾斜倒地。這時，熟悉的聲音傳進了雅人的耳裡。

「真是千鈞一髮啊，地方英雄。」

「斗……斗志雄？」

雅人喃喃唸著眼前少年的名字。斗志雄的右眼戴著黑色眼罩，兩邊的手腕都纏著紗布，不過這次他穿的不是迷彩服，而是換上印有英文字母的T恤和牛仔褲。

雅人努力撐開眼睛，看著斗志雄。

「你……你……你還活著？」

「喂！拜託，不要隨便咒我死好嗎？你不是看到了嗎，我好得很！只是少了一隻眼睛而已。」

斗志雄的右手指尖在眼罩上輕輕地點了一下。

「不過，你怎麼會以為我死了？」

「是聽藤澤知事說的。他說高中部隊被CHILD大軍包圍，全數遭到殲滅。」

「是啊。除了我之外，其他隊員都死了，我也被那由他從頂樓踢了下來，不過幸好卡在樹枝上，揀回了一條命。」

「那由他？你和那由他交過手？」

聽到雅人的問話，斗志雄瞇起左眼。

「是啊。結果你也看到了，輸得一敗塗地。那傢伙根本是作弊大魔王，速度和力量超出太多了。明明頭部中了好幾發子彈，卻還活得好好的。」

「是嗎……？連你也打不贏他啊。」

「喂，你錯啦。我只輸一次而已，下次我一定會扳回來。我斗志雄可是從來沒有輸給同一個對手兩次過。包括猜拳在內。」

「下次？難道你不知道國王遊戲最新的命令嗎？我要和那由他決鬥呢。」

「知道啊。所以，你要給他致命的一擊。等我把他打個半死之後。」

斗志雄露出像獠牙般的虎牙，笑笑地說。

「你只要在最後關頭，送那由他上西天就行了。CHILD 應該也會用這種戰術。」

「CHILD？」

「我是這麼想的。攻擊你的 CHILD 不是一直針對你的手嗎？我猜他們一定想把你弄個半死，再帶去給那由他。這樣就能保證萬無一失了。」

「原來如此……」

雅人低頭看著倒在地上，像假人一樣面無表情的男子。斗志雄卸下身上的背包，從裡面取出紗布丟給雅人。

「先幫剛才被咬的傷口止血吧。雖然CHILD的毒性對我們高中生無效，不過要是你和那由他交手之前就失血過多的話，對戰況也很不利呢。」

「嗯，好，我知道了。」

「啊，我們先轉移陣地。要是被CHILD包圍就糟了！快點坐上吉普車吧。」

「吉普車？你會開車嗎？」

「雖然沒駕照，不過勉強可以應付。反正這個時候警察也不會取締吧。」

斗志雄邪惡地笑了笑，然後跳上駕駛座。

【9月28日（星期二）上午9點24分】

跳下吉普車之後，潮水的味道陣陣飄來，視線的最前方可以看見藏青色的海水。杳無人煙的道路邊上，停了好幾輛窗戶破碎的車子。斗志雄一面拿槍警戒，一面說：

「看樣子，這附近好像沒有CHILD。」

「他們已經不打算抓我了嗎？」

雅人跟在斗志雄旁邊，眼睛也在機警地來回巡視著。

「嗯，CHILD大概以為在一般的戰鬥中，應該是那由他會打贏吧。依我看，他們的目的可能只是想阻撓一般人干擾那由他。」

「如果是一般的交戰，我會輸嗎……」

「應該會輸吧。就算使用那個針筒，也不到5%的勝算。」

斗志雄盯著雅人的褲袋說。

「的確，把針筒內的毒液打進那由他體內的話，你就贏了。問題是根本刺不到吧。肉搏戰都還沒開始，你就先被對方殺死了。」

「那不就完了！要是我死了，全北海道的人都會受罰啊。」

「我知道，所以我才要來幫你不是嗎？」

「有你幫忙，贏的機率確實會提升許多。問題是，香鈴會答應讓你加入嗎？這是我和那由他的對決啊。」

「這個問題就交給我來傷腦筋吧，你只要做好心理準備就行了。」

「心理準備？」

「就是殺死你以前的好朋友那由他啊。」

斗志雄吞下了止痛藥，用拳頭輕輕地捶打雅人的左胸口。

「他的外表看起來是人類，但骨子裡可是CHILD。你一定要牢牢記住這點，否則交手的時候會下不了手的。一旦稍有遲疑，那由他瞬間就會取你的小命。」

「嗯……你說得對。」

雅人用力握住手槍握把。

「即將跟我決鬥的對象不是那由他，而是披著那由他外皮的CHILD。不管用什麼手段，我都要打贏他。」

「對，就是這股氣勢。你這個人就是容易心軟……啊、大魔王登場了。」

聽到斗志雄這麼一說，雅人趕緊回頭看去。就在數十公尺的前方，香鈴和那由他從巨大的倉庫入口走了過來。

「香鈴……那由他……」

「你好啊，雅人。24小時不見了吧。」

香鈴撥了撥黑色長髮，繼續朝雅人走來。而跟在她後面，有著一對金色瞳孔的少年就是那由他了。

「你能來真是太好了，不過旁邊這位小哥是誰？」

聽到香鈴的問話，斗志雄搶先一步回答。
「妳好，我是神崎斗志雄。高中生部隊的隊長。興趣是觀察人類和從事各種運動。請多指教。」
「請多指教？你是來做什麼的？我不記得有邀請你啊。」
「我是雅人的小幫手。」
「小幫手？你以為我會答應這種事嗎？」
香鈴漆黑的瞳孔瞪著斗志雄。
「這是一場決定人類和CHILD哪邊比較優秀的對決。如果有幫手加入，這場對決有什麼意義呢？」
「不不不，此言差矣。妳不答應讓我當雅人的幫手，才是不公平的對決呢。」
「喔？這話怎麼說？」
「妳看到雅人的手腕纏著紗布吧？那是被CHILD攻擊留下的傷口。我想，那些CHILD大概以為，只要讓雅人受傷的話，情況就會對那由他有利。」
斗志雄意有所指地嘆氣道。
「說明白點，這根本不是一場正當的決鬥。在我看來根本是2隻CHILD對雅人1個人類。」
「哼。你以為用這個藉口，我就會答應你的條件嗎？」
「我想妳會答應的。如果妳是真心想要證明人類和CHILD誰比較優秀的話。再說，那位小哥如果真的是號稱最強的CHILD，又豈會被區區兩個人類所殺呢？」

「當然不會。就算一次來幾百個人類，也不可能殺死那由他。」

「既然這樣，讓我當雅人的小幫手也沒什麼影響吧？」

斗志雄畢恭畢敬地合起手掌，向香鈴低頭請求。

「拜託妳，香鈴。要是雅人死了我也會死的。可是我想死在公平的決鬥之中，而且這樣我才能認同再生的教義。」

「……好吧。反正結果都一樣。」

「是嗎！不愧是拯救地球的再生教團高層啊。說不定我會考慮加入喔。」

「少來，你根本就沒有那個意思。再說，一切都太遲了。雅人輸了之後，你就得死。」

「妳也會死不是嗎？香鈴，妳也是人類啊。」

「很抱歉，我們再生的信徒並不是這次命令的對象。」

香鈴朝後面的倉庫瞥了一眼說。

「咦？奈米女王可以做這樣的安排嗎？」

「不知道密碼的你們，當然是不可能辦到了。」

「那麼，要是雅人贏的話，妳會說出密碼吧？」

「如果他贏了，我就說出密碼。那是只有我知道，而且剛更新的密碼。」

聽到香鈴的話，雅人緊閉著嘴唇。

「香鈴……奈米女王藏在倉庫裡吧？拜託妳解除國王遊戲的命令好嗎？」

「你還在說這種話？我以為你已經覺悟了呢。」

「只要有說服妳的機會，不管多少次我都會說。妳也是人類，為什麼妳就是不肯相信人類的可能性呢？」

「人類的可能性？雅人，打從國王遊戲開始至今，你看到了什麼？大部分的人類都是為了自己的生存而殺人不是嗎？現在北海道的百姓也一樣，為了延長自己的壽命而殺人，包括你在內。」

「我知道！即使是這樣，我還是相信人類！」

雅人全身顫抖地大喊。

「的確，人類有很多缺點，為了自身利益不惜殺人的傢伙也很多，可是並不是所有人都這樣，也有很多人願意為了別人而犧牲。這點妳應該很清楚才是啊。」

「可是就我所知，為了一己之私而殺人的人類實在太多了。」

香鈴像風鈴般的聲音逐漸轉為低沉。

「殺死我父母的強盜、設計讓CHILD殺死空手道前輩的大學生，還有許許多多的例子。」

「那是因為……」

「夠了，別再說了。如果你堅持人類的可能性，那就打贏那由他給我看吧。就在我的面前！」

「香鈴……」

斗志雄拍拍無言以對的雅人肩膀說：

「雅人，你死心吧。跟這個人是有理說不清的，還是得實際證明給她看才行。」

「你這個人很務實呢。你叫……斗志雄對吧？」
「喔！香鈴，你記得我的名字嗎？好感動喔。等我們把CHILD全數殲滅之後，要不要跟我交往看看？我不在乎交往一個有前科的女友喔，而且我還會帶吃的去牢裡探望妳。」
「很遺憾，雖然我不討厭你的個性，但是我只對雅人情有獨鍾。還有，我並不打算被關進牢裡。」
香鈴揚起嘴角說道。
「雅人要是輸了的話，除了再生的信徒之外，北海道的所有人都要接受國王遊戲的懲罰而死。北海道也會成為CHILD統治的國家。」
「要是變成那樣的話，日本政府一定會轟炸北海道，把CHILD全部炸死。」
「那是不可能的。剛才我們已經向日本政府發出聲明了。」
「聲明？」
「是的。日本政府要是攻擊北海道的話，潛伏在全世界的再生信徒就會把凱爾德病毒散播出去。」
聽到香鈴的話，雅人瞪大了眼睛。
「在全世界散播凱爾德病毒？妳是說真的嗎？」
「當然是真的！我們再生的宗旨，就是要改變人類統治的這個世界。」
香鈴舔了舔粉紅色的嘴唇，微笑著說。
「只要擁有凱爾德病毒，和能夠控制這個病毒的奈米女王程式，全世界的人絕對不敢跟再生唱反調。實驗已經結束了，接下來我們再生就要著手創造新世界了。一個由完美的生命CHILD統治的世界就要開始了。」

「我絕不會讓妳這麼做的！」

「那就阻止我啊！要是你贏了那由他，我就消滅全部的CHILD。」

「唔……」

「冷靜下來，雅人。」

斗志雄的手臂環著雅人的肩膀。

「其實，香鈴是個貼心的女孩子呢。」

「你在說什麼？她企圖要讓CHILD統治人類啊！」

「我不是說這個，而是香鈴給了我們人類機會。照理說，她根本不需要給這個決鬥的機會不是嗎？畢竟要是我們贏了，CHILD就會被全部消滅，再生的計畫也會泡湯啊。」

斗志雄的視線望著香鈴繼續說。

「她只是想宣揚CHILD比人類還要優秀的這個教義對吧？」

「因為這是事實。」

香鈴聳聳肩，嘆了一口氣說。

「不過悲哀的是，你們沒機會看到這個事實了。因為那由他一瞬間就會把你們殺死，你們連思考的機會都沒有。」

「這樣啊。那妳去告訴天下無敵的那由他，請他高抬貴手。乾脆把他的手腳綁起來，再跟我們對打怎麼樣？」

「我們沒有義務做這樣的讓步。我答應讓你當雅人的小幫手，你們就要心存感激了。」

「嘖！沒辦法了。那麼，給我們一分鐘的時間，讓我們開個作戰會議吧。」

斗志雄把嘴湊近雅人的耳邊。

「由我先和那由他交手。你一發現機會就開槍，就算誤傷了我也沒有關係。」

「說什麼傻話！你不在乎被射死嗎？」

「反正，要是你輸了我也要接受懲罰而死，沒什麼差別。而且，我欠那由他一個人情。老是輸給他的話，我的面子掛不住啊。」

「斗志雄……」

「放心吧，我並沒有犧牲小我的打算。我的目的是要讓我們兩個都活下去，贏得最後的勝利！」

「……你說得對，我們絕對不能輸！」

雅人看著站在一旁面無表情的那由他。

「開始吧，1分鐘已經過了。」

香鈴的運動鞋發出咚咚的聲音。

「可以開始了吧，浪費太多時間的話，對你們更加不利喔。」

「這話什麼意思？」

【9月28日（星期二）上午11點11分】

聽到雅人這麼問，香鈴手指著他的背後。雅人回過頭看，發現後面站了好幾名穿著破爛工作服的男子，每個人的嘴裡都吐著肉色的觸手。

斗志雄立即採取反應，把槍口對準那些男子。

「拜託，難道又要集團攻擊？這樣就無法知道，人類和 CHILD 誰比較厲害了不是嗎！」

「我知道。那由他！」

香鈴叫喚那由他的同時，原本朝雅人靠近的男子們也停下腳步。那些人雙手下垂，默不作聲地瞪著雅人，從嘴裡吐出的觸手還在胸前蠕動著。

「怎麼樣？這樣可以吧？」

「咦？原來擁有共通的意識，還有這種功用啊。」

斗志雄來回看著那由他和那群身穿工作服的男子們。

「雖然這樣是很方便啦，可是太無趣了。我懷疑這種生物，真的會比人類優秀嗎？」

「等你們輸了之後，就不會這麼說了。」

「嘿嘿。那麼，香鈴，請妳先退到旁邊去吧。要是妳被捲入戰鬥中會很麻煩的，因為等一下妳還得告訴我們奈米女王的密碼呢。」

「哈哈哈，斗志雄，你這個人真的很有意思。要是沒有雅人的話，說不定我會答應跟你約一次會喔。」

香鈴一面說，一面慢慢地從那由他身邊走開。

「那麼，人類和CHILD哪一邊比較優秀的戰鬥，現在開始！」

香鈴的話一結束，那由他立刻展開行動。斗志雄趕緊上前，擋住朝雅人一直線衝過來的那由他。

「你在急什麼！」

斗志雄瞄準那由他連續開槍。那由他敏捷地往旁邊一閃，旋即又轉身拉開距離。脖子中彈的彈孔，很快就消失在隆起的皮膚之下。斗志雄見狀，簡短地嘖了一聲。

「可惡！作弊大魔王！把HP降低一些吧！」

無視於斗志雄的咆哮，那由他的頭左右搖擺著。斗志雄的右手朝那由他射擊的同時，左手又掏出另一把槍。

「我這次沒帶刀，可是有帶2把槍。想靠近我，沒那麼容易！」

「那由他！」

斗志雄背後的雅人大叫。

「是我！宮內雅人！你還記得我吧！」

「……」

那由他那對金色眼睛注視著雅人，眼神不帶任何的情感。

「不行！雅人！就算那傢伙還保有對你的記憶，可是骨子裡已經是CHILD了！」

「難道，真的就只有戰鬥這個選擇嗎！」

雅人緊咬著嘴唇。站在十幾公尺外的那由他舉起左手護住頭部，往橫向移動。這個舉動應該是為了避開斗志雄，直接攻擊雅人。斗志雄依舊站在雅人前面，試圖阻擋。

「喂！你當我不存在嗎！太瞧不起人了！」

斗志雄瞄準那由他的頭部開槍，那由他立刻用右手擋下。陷入手心的子彈，被膨脹起來的皮膚擠出來之後，掉落到地上。

「我早就料到，光是這樣絕對殺不死你。」

斗志雄一個箭步衝到前面，雙手舉槍集中攻擊那由他的右腳。那由他的身體頓時朝一邊傾斜。

「機會來了！雅人！」

「唔……可惡！」

雅人表情緊繃地跑向前。單腳跪在地上的那由他就在眼前了。雅人瞄準他的頭部，手指扣在扳機上。

「哇啊啊啊啊啊！」

吶喊聲混合著槍聲一起發作。子彈被那由他護住頭部的那隻手擋了下來，其中幾根手指因此碎裂。就在斗志雄瞄準頭部的瞬間，那由他的左腳卻像是裝了彈簧般地一躍而起。

他的身體先在半空中迴轉一圈，單腳著地後同一隻腳順勢彎曲，接著往後方跳開，一口氣拉大了距離。

斗志雄看著幾公尺外的那由他，趁機更換彈匣。

「聽好，雅人！只射中一次頭部還不行，要連續開槍！」

「好，我知道了。還有剩下子彈嗎？」

「這是僅剩的了。我還有手榴彈，不過速度不夠快，一定會被那由他躲開，沒什麼用處。不過可以在最後關頭給他致命的一擊。」

「是嗎……那麼……」

「嗯。那由他下次發動攻擊時，就是最後的機會了。時間很短，不過我會盡量牽制他的行動。」

「拜託你了。之後的事就交給我吧！」

雅人伸手摸了摸放在牛仔褲口袋裡的注射針筒。

雅人的瞳孔裡，反射出那由他逐漸靠近的影子。剛才中彈的右腳，很快就復原了，完全看不出受過傷的樣子，被打爛的手指也長回來了。

「又要從頭開始嗎……」

冷汗從雅人的脖子流下。不管身中幾槍，那由他總是很快就復原。跟其他的 CHILD 不同，那由他的致命傷似乎不在頭部。

——看來，只有使用針筒注射了。如果直接把毒液注射進去，應該就能打倒那由他……不，是 CHILD。

這時，雅人發現香鈴雙臂交叉地站在倉庫前面，那對黑色瞳孔的眼睛一直注視著他。香鈴臉頰泛紅，嘴唇微微張開，似乎很期待看到雅人戰死。

「雅人，不要發呆！敵人來啦！」

聽到斗志雄的吶喊聲，雅人的視線重新拉回到那由他身上。那由他緩步移動，身體上下起伏，雅人也隨著他的律動，調整槍口位置。

「不能浪費子彈，要盡量拉近距離再開槍，否則距離太遠的話會被他躲開。」

「好。斗志雄，你也……」

就在雅人轉頭看向斗志雄的瞬間，那由他動了。雅人趕緊採前傾的姿勢，朝快速接近的那由他連續射擊。那由他的肩膀和手臂中彈，速度卻沒有因此變慢。直到逼近雅人的面前時，突然一躍而起，從他頭頂上飛過，然後在背後著地。

「快閃開！雅人！」

斗志雄擋在雅人和那由他之間。一面左右射擊，一面接近那由他。那由他護住頭部的手臂，被子彈打得皮開肉綻，鮮血夾雜著肉屑噴濺到地上。

「一口氣衝吧！」

斗志雄把彈藥用盡的手槍丟到一旁，改拿手榴彈。正要拉開保險時，那由他的右腳先一步踢中他拿手榴彈的那隻手。手榴彈掉落在地上滾動，保險閂還留在上面。

「還沒結束呢！」

斗志雄的右腳往地面用力一蹬，運動鞋前端立刻彈出一把刀。他的右腳往那由他的臉踢去，噗喳一聲，那由他的左眼應聲爆開。

「對不起，我說沒帶刀是騙你的。」

那由他的身體開始搖晃。
雅人見機不可失，趕緊從口袋裡掏出注射針筒，拔掉前端半透明的套子。
「快動手啊！雅人！」
「我知道！」
舉起針筒的瞬間，那由他又朝雅人的肚子一踹而下。傳出一陣像是破裂的聲音後，雅人的身體往後彈飛了十幾公尺。
「哇啊……」
雅人撐起上半身，嘴巴痛苦地顫抖著。雖然拼命呼吸，卻怎麼也吸不進空氣。此時，被打落在地的斗志雄映入了他的眼簾。
「斗……斗志雄……」
針筒從雅人的右手滾落。他想站起來，兩腳卻不聽使喚。在模糊的視線中，可以看到那由他的身影正一步步地接近當中。剛才被斗志雄踢爆的左眼已經恢復，還閃耀著金黃色的光輝。
看見從那由他皮膚擠壓出來的子彈掉落地面，雅人撇了一下嘴。
「那……那由他……」
來到雅人面前的那由他，面無表情地低頭望著雅人，彷彿沒聽到他的聲音一般。
雅人趕緊把手伸進褲袋裡，搜尋智慧型手機。
那由他的手指像利刃般往前伸出。要是被打中的話，恐怕會一命嗚呼吧。
——不能放棄！我絕不會死的！

【9月28日（星期二）上午11點59分】

雅人用顫抖的手從口袋裡掏出智慧型手機後，一不小心掉到了地上。這時，那由他的表情突然起了變化。張大的金色瞳孔，倒映著智慧型手機液晶螢幕上顯示的照片。那是雅人回宿舍的時候，在房間裡翻拍的。照片中的雅人、那由他，還有那由他的雙親，臉上都帶著笑容。

「媽……媽媽……」

那由他的嘴裡發出熟悉的聲音，那是以前和雅人一起玩耍時的那由他所發出的聲音。

雅人趕緊移動身體，撿起掉在地上的針筒。當他再度抬起頭時，那由他還楞楞地盯著手機螢幕。

「哇啊啊啊啊！」

雅人把全身的力氣灌注在動彈不得的雙腳上，使勁地爬起來。那由他察覺動靜，轉身看向雅人。

當那張稚氣未脫的臉，再度變回能劇面具的表情時，雅人的右手採取了行動。他把拇指放在針筒的按壓處，朝那由他的肚子刺入。在拇指下壓的同時，那由他的右手也擊中雅人的側腹。

雅人的身體往旁邊彈飛，眼前的視野不停地翻轉，腰和腳也感到一陣悶痛。

「唔唔……」

雅人痛苦地抬起頭看，那由他站在幾公尺外，雙手無力地下垂，肚子上還插著那根黑色針筒。

「那……那由他……」

「咕……噗……」

那由他的嘴裡吐出肉色的觸手，像活體般地蠕動著，還流出透明的黏液。下垂的雙手從肩膀以下的部分全部脫落，斷面處又長出新的手。

「唔唔……喔……噗……」

那由他的臉看起來就像假人一樣，脖子不自然地扭轉，一顆新的頭從折斷的部分冒了出來。兩張嘴同時發出高音頻的叫聲，身體也呈縱向裂開。

肉色的斷面噗嚕噗嚕地向外膨脹，還長出了新的腳。

那由他已經完全不成人形，從縱向裂開的身體裡冒出了幾隻手和腳，指尖還不停地扭動。看起來就像是一具胡亂拼湊起來的怪物。

「嘰啊啊啊啊啊！」

發出如金屬相互削切的刺耳叫聲後，那隻曾經有著那由他外表的生物，終於停止了動作。

「這就是毒液的威力嗎……」

雅人想起了藤澤說的話。

——針筒的毒液會破壞基因和細胞。藤澤是這麼說的。一定是CHILD的基因遭到破壞，再生能力因此亂了套。

幾十公尺外的那幾隻身穿工作服的CHILD頭部也開始膨脹，眼睛和嘴巴流出大量的鮮血。鮮血把灰色的工作服染成紅色，流到地面後繼續向外擴散。這段期間，頭部還在繼續膨脹，沒多久就像西瓜一樣爆了開來。

粉紅色的腦漿像豆腐般四散飛濺，缺了頭部的身體往前仆倒。

「是國王遊戲的懲罰嗎……因為我贏了，所以CHILD死了？」

「好像是這樣呢，哈哈哈。」

斗志雄拖著受傷的腳，向雅人走過來。雅人看到斗志雄，表情突然亮了起來。

「斗志雄！你還活著？」

「嗯，是啊。只有肋骨和左腳的骨頭骨折而已。」

斗志雄皺著臉，舔著滲血的嘴唇。

「話說回來，你還真的把針筒刺入那由他的身體裡了。」

「這都是拜那傢伙的記憶之賜。」

「記憶？」

「是的，我的手機螢幕顯示了那由他父母親的照片，他看到照片後楞了好一會兒，大概是想起身為人類時的記憶了吧。」

雅人看著那具像是用零件胡亂拼湊而成的假人那由他。

「他以前是個……很愛撒嬌的孩子呢……」

「原來是身為人類的記憶延遲了CHILD的思考。真是諷刺啊，那麼厲害的CHILD，居然因為人類的記憶而毀滅。」

「那麼，我們全部都得救了嗎？」

「應該是吧。雖然上一道命令讓我們折壽了不少，可是只要有奈米女王，應該可以解決那道命令。」

「對了，香鈴！」

雅人看著站在倉庫前一臉恍神的香鈴。她的雙肩下垂，眼睛楞楞地望著雅人，發白的嘴唇微微顫抖著。

「……為什麼？為什麼那由他輸了？這是不可能的啊！」

「這證明了 CHILD 並不是什麼完美的生物。」

雅人走近香鈴，這麼回答她。

「CHILD 也有缺點。不只是這樣，現在妳應該知道 CHILD 是比人類還危險的生物了吧？」

「不是的！CHILD 是完美的生物！他們是管理地球、打造和平世界的希望啊！」

香鈴拼命地搖頭否認。

「可是，為什麼現在會變成這樣呢……」

「已經結束了。CHILD 因為國王遊戲的命令全滅了。」

「全……全滅？CHILD 全滅了？」

「沒錯！那由他死了，所以國王遊戲的懲罰被執行了。不只是這裡的 CHILD 而已，全部的 CHILD 都死光了。這是妳下的命令。」

「啊……」

「香鈴！妳渴望的那個沒有紛爭的和平世界，就靠人類自己來打造吧。」

「人類自己……打造？」

「是的。沒有情感的CHILD是做不到的，可是人類可以！為了別人，不惜犧牲自己的人類，一定可以辦到的！」

雅人緊緊抓著香鈴的肩膀說道。

「妳要相信人類的可能性啊！」

「叫我怎麼相信呢！」

香鈴揮開雅人的手，往後退了幾步。

「人類是最惡劣的生物！不但同類相殘，過了十幾萬年，依然不停殺戮。也因為這樣，我的父母才會……」

斗志雄走近緊握拳頭、不停顫抖的香鈴。

「香鈴，妳要堅持自己的想法也沒有關係。現在CHILD已經全滅，再生也被終結了。」

斗志雄對著默默不語的香鈴繼續說：

「所以……妳該把奈米女王的密碼告訴我們了吧？」

「……」

「喂，結果出來了。雅人已經遵照妳的方式，證明人類的確比CHILD優秀的事實了吧？」

「……是的……沒錯……」

香鈴用低沉的聲音回答。

「現在已經沒有必要藉由國王遊戲的力量來輔助CHILD了。」

「對吧？所以啦，快把密碼告訴我們吧。這樣妳的罪也可以減輕一點。」

「我知道，我會把密碼告訴你們，不過……」

「嗯？不過？還有什麼事嗎？」

「等我再發布一次命令之後。」

說完，香鈴便突然轉身背對雅人他們跑開了。

【9月28日（星期二）中午12點28分】

「喂、喂！」

斗志雄正打算上前追香鈴時，突然摀著自己的左腳，臉上露出痛苦的表情。

「雅人！你快去追香鈴！那傢伙打算發布新的命令！」

「好！」

追著香鈴跑進倉庫的雅人，一踏入倉庫，就看到香鈴沿著鐵梯往上跑。

「香鈴！等一下！」

正要往上爬時，被那由他踢中的側腹突然疼痛難忍，只好停下來稍作喘息。

「可……可惡！」

臉色蒼白的雅人繼續沿梯而上。來到走廊時，看到盡頭的房間透出了光線。

「是那裡吧……」

他摀著肚子，在昏暗的走廊上前進。突然，那個透出光線的房間傳出槍響。雅人從門的縫隙往裡面窺視。

房間裡面約有10張榻榻米大小，桌上放著一台已經啟動的電腦和一個金屬製的黑盒子。再把視線往旁邊移動，可以看見一名身穿西裝的男子背影。那個人手裡拿著一把手槍，槍口前方站著T恤被染成紅色的香鈴。

「松……松井……你為什麼……」

香鈴失去血色的嘴唇微微地動著。

「我、我是再生的高層指導者……」

「不，妳是叛徒。」

松井冷靜的聲音在房間裡迴盪著。

「妳一意孤行發布命令，結果把神製造出來的完美生命體毀了。因為妳，打造新世界的夢想破滅了。」

「那是因為……」

「妳必須以死來負責。可是在此之前，妳必須說出奈米女王的密碼。」

「你、你知道密碼要做什麼？」

「聯絡潛伏在各地的信徒，把凱爾德病毒散布到全世界。到時候我們再生就能利用奈米女王統治這個世界了。」

「這和再生的教義不符！由人類統治人類是沒有意義的！」

香鈴雙手按著中彈的肚子，搖頭拒絕。

「只有比人類優秀的生命，才能為地球帶來永遠的和平對吧？可是打破這個預言的人，不就是妳嗎？」

「……我知道了。」

香鈴把密碼說了出來。

「……這就是密碼。」

「原來如此，妳之前說更改了密碼，原來是這句話啊。」
「用什麼當密碼都可以不是嗎？」
「的確是這樣……那麼，已經沒有留下妳的必要了。再生的叛徒只有死路一條。」
這時，雅人突然發出吶喊，同時往松井的背後撞去。雅人和松井兩個人抱著在地上翻滾。
松井的手槍，剛好掉在雅人面前。雅人伸出手，卻被松井先一步搶走。
「真是可惜啊，雅人。」
松井毫不猶豫地扣下扳機。槍聲響起，子彈擊中了雅人的大腿。
「唔啊啊啊！」
雅人露出極度痛苦的表情，伸手摀著中彈的大腿。溫暖的鮮血從指縫間流出，骯髒的牛仔褲染成了一片血紅。
「放心吧，和你那位女朋友不同，這個槍傷不是致命傷。只要馬上處理就能保住性命。」
「你……太可惡了……」
「乖乖在一旁看著吧，你一定會很高興的。因為害你們受盡折磨的再生高層指導者冰室香鈴，就要死在你面前了。」
松井把槍口瞄準香鈴。
看到松井的手指就要扣下扳機，雅人毫不猶豫地張開雙手，擋在香鈴的面前。砰的一聲巨響，他的T恤上面瞬間出現一個破洞。
「啊……」

雅人的視線落在自己的肚子上。鮮血透過T恤滲了出來，身體很快沒了力氣。

看到不支倒地的雅人，松井投以冰冷的笑容說：

「沒想到你會做這種傻事呢。既然你不想活，我就先送你上西天好了。」

他把槍口對準雅人的額頭。

這時，松井的脖子突然遭到利刃刺入。

「啊……」

松井用左手摀住傷口止血。他轉過頭，發現了站在門口的斗志雄，於是槍口轉而對準他。

就在松井扣下扳機前，斗志雄擲出的第2把刀精準地插進松井的心臟。

「嘎啊……啊……」

松井像條乞食的魚一般，嘴巴開開合合地動著，不一會兒便倒臥在地。

「雅人，你沒事吧？」

斗志雄拖著腳步移動到雅人面前時，表情凝重了起來。

「你的肚子中彈了……」

「嗯、嗯，可是……感覺不會很痛……」

臉色蒼白的雅人低著頭。從他身體流出的鮮血沾濕了牛仔褲，繼續擴散到地面。

「哈……哈哈……我終究……難逃一死……」

「雅人……」

香鈴步履癱軟地走近雅人。黑色的瞳孔圓睜，微張的嘴唇不停地顫抖。

「為、為什麼要救我？我是人類的敵人啊！」

「……」

「啊……是為了密碼對吧？因為不知道密碼的話，就無法使用奈米女王，所以你才會救我對吧？」

「咦？你知道了？」

「我……知道密碼了。」

「剛……剛才我在門那邊……偷聽到了。」

雅人淡淡地笑著說。

「那是……妳剛更新的密碼對吧……」

「那又是為什麼呢？你為什麼要救我？」

香鈴雙腳跪地，靠近倒在地上的雅人的臉。

「是我害死了美咲與和彥……還害死了很多人。」

「是啊……我的父母也是……」

「那你為什麼還要這麼做？」

「我也不知道。我只是……不想看到妳被射殺……」

「嗄？我不懂你的意思。」

「也許……這就是人類……讓人想不透的地方吧。」

雅人伸出慘白的手，握著香鈴。

「以前……妳在當志工的時候好認真……好賣力……用抹布擦拭養老院的走廊……鏡子也擦得很光亮……老奶奶們都好高興……」

「我不記得這些事了。」

雅人凝視著香鈴。

「妳……是個認真的人……也許就是這樣，才會被再生吸收……」

「……」

「香鈴……妳的所作所為……大家應該都不會原諒妳，畢竟死了好幾百萬人……可是，我原諒妳……」

「原……原諒我？」

「是的。因為妳是……我的朋友……雖然妳這個人很糟糕……」

雅人淺淺地笑著，握住香鈴的手也不再那麼有力了。

「對……對不起……」

「對不起？為什麼要道歉？你根本不需要向我道歉啊。」

「我……沒有接受……妳的感情……」

雅人的話說完，頭便無力地垂下。

「啊……」

香鈴不敢置信地伸手觸摸雅人的臉。

「雅……雅人……」

雅人沒有回應香鈴的叫喚，微微張開的雙眼，空洞不帶一絲光彩。
「喂，回答我啊，雅人！」
「他已經……死了。」
斗志雄低頭看著雅人這麼說。
「打敗最強 CHILD 的英雄，卻死在一個小嘍囉手上……」
「不……不會的……」
香鈴的右手不停地拍打雅人的臉頰。
「這是開玩笑吧？我不接受你就這樣死去！我不接受！」
「不接受也不行，這是事實。很遺憾，雅人已經死了。」
「不會的……」
香鈴喀噠喀噠地顫抖，黑色的瞳孔泛著淚光，癡癡望著躺在眼前的雅人。
「雅人應該是為了救妳，才會被擊中的。」
「……是啊。雅人他救了我一命。」
「很像這傢伙會做的事。他就是這麼單純。」
「傻瓜！我早就有一死的覺悟了啊！」
香鈴撫摸著雅人的臉，喃喃地說。
「CHILD 已經全滅，我活在這世上也沒有意義了。」
「就算這樣，雅人還是不想看到妳死在他面前吧。」

「所以說，人類是不完美的生物，盡做一些沒意義的事，連死也沒有意義……」
「妳真的是這麼想嗎？」
聽到斗志雄這麼問，香鈴緊閉雙唇，沉默了好幾秒。
「……我答應過，要說出密碼對吧？」
「妳願意告訴我嗎？」
「反正，我也不需要奈米女王了。」
香鈴深深吸了一口氣說。
「密碼是『我冰室香鈴發誓，永遠只愛宮內雅人』。」
「……是嗎？看來，妳真的對雅人一片癡心。」
「當然。因為我曾經想過要跟他一起死。」
「既然這樣，妳的願望應該可以實現。雖然妳的傷只要止血就沒事了，不過妳不打算那麼做吧？」
「沒錯，我並不打算治療傷口，可是……」
臉色蒼白的香鈴楞楞地站了起來。
「我也不會死在這裡的。」
「喔？為什麼？妳不是想和雅人一起死嗎？」
「所以，我更不能死在這裡。」
香鈴依依不捨地望著躺在地上的雅人，幽幽地笑了。

「雖然雅人原諒了我，可是我犯下的罪並不會消失。我殺了那麼多人，沒有資格幸福地死去。而且對雅人而言，還有2個女孩比我更適合陪在他身邊……」

「啊，這麼說來，我記得雅人說過他女朋友死了，好像叫美咲什麼的。」

「對，是美咲和亞沙美。」

「亞沙美啊……她也喜歡雅人呢。」

「嗯，比起我對雅人的感情，她們兩個的愛情更純粹、更堅定。在感情這個領域，我是徹底的輸家。」

「輸家啊……」

斗志雄搔搔頭說。

「妳不必那麼在意這件事啦。雅人打敗了那由他，是拯救人類的英雄，他身邊被3、4個女人圍繞，其實也沒什麼大不了的。現在他死了，更沒有這個問題。」

「……你這麼說也有道理。不過，我還是想做個了斷。」

「妳自己決定吧。人類和CHILD不同，可以擁有各種不同的想法。」

「各種不同的想法……」

「所以，人類之間才會征戰不已。可是相反的，也有許多人想要創造和平的世界。」

「希望人類可以創造一個不再有戰爭的和平世界。」

香鈴拖著無力的腳步，慢慢走出了房間。

【9月28日（星期二）中午12點59分】

在無人的公路上，香鈴一步步走向大海，肚子流出來的血染紅了身上的牛仔短褲。意識越來越模糊的她跪下來了。

「不行……還不能停……」

吃力地撐起身體後，香鈴繼續搖搖晃晃地往前走去。

「我得……離雅人……更遠一點才行……」

香鈴想起幾個月前的事。

那天，香鈴從教室裡凝望著窗外的景色。班上同學都下課回家了，只剩下香鈴一人的教室，被夕照染成了橘紅色。

突然，放在桌上的智慧型手機傳出簡訊鈴聲。她滑動手指，檢視簡訊內容。

【冰室香鈴小姐，謝謝妳前幾天來參加再生的聚會。我們能體會香鈴小姐的痛苦遭遇，如果妳願意接受我們的淨化儀式，相信妳的痛苦就會消失了。期待香鈴小姐再度來訪，我們的高層指導者對香鈴小姐的故事深感興趣。讓我們一起打造一個和平的世界吧，我們需要香鈴小姐的力量。期待能收到妳的回音。】

「需要我的力量……」

香鈴的心跳聲瞬間加快。正當她猶豫著該怎麼回信時，走廊那邊傳來了男孩子的聲音。聽到那個聲音，香鈴的黑色瞳孔頓時亮了起來。她走到窗戶旁邊的座位，從教室門的窗戶偷窺走廊的情況。她看到了雅人正在和同學和彥一起搬運長桌。

「喂，雅人。我覺得一次搬三張桌子實在很吃力耶。」

「是你說要這麼做的。」

雅人對桌子另一邊的和彥抱怨。

「我就說不行嘛，一次搬三張真的很笨。」

「唔唔……好好，你說得對。地方英雄！」

「別動不動就叫我地方英雄啦！」

一名身穿校服的少女走向他們兩個。

「喂，有時間鬥嘴，不如多走幾步路吧！卡車已經在等了。」

聲音的主人是美咲。她拍拍雅人的肩膀說：

「雅人不只是地方英雄，也是志工隊『絆之樹』的隊長！所以要更賣力點才行啊！」

「請妳答應跟我約會，當作獎勵吧，美咲。只會賞鞭子，不給甜頭吃的話，男生是不會乖乖聽話的。」

「好好好，我會幫你介紹女朋友。只要是女生，你都不挑對吧？」

「誰說的。我不是請妳跟我約會嗎！」

「別開玩笑了。快點搬桌子吧！」

「哼……我是認真的……」

他們三個就這樣一面抬槓一面走下樓梯。

香鈴又移動到窗邊，往外面看去。教室大樓前停著一輛小型白色卡車。幾分鐘後，雅人他們從教室大樓走了出來。

看著身上的白襯衫被汗水浸透的雅人，把長桌搬進卡車裡，香鈴的臉頰感到熱烘烘的。

「雅人……」

她的右手貼在左胸口上，低聲呼喚自己暗戀的男孩子的名字。

「加入志工隊的話，說不定跟雅人說話的機會也會變多……」

這是個很不錯的主意。

「好，決定加入吧，順便幫助那些需要幫助的人。而且我也應該振作起來，不能再消沉下去了。」

香鈴握緊拳頭，用力地點點頭。

「那個時候的我……好單純啊……」

香鈴一臉苦笑地移動腳步。來到水泥打造的棧橋上，廣闊的大海隨即映入眼簾。一波波海浪打上來，濺濕了香鈴的雙腳。

「真希望……能回到那個時候……」

香鈴的視線逐漸模糊，四周也慢慢化成了白色，只剩下海浪的聲音不斷傳進耳裡。

「再見了……雅人……」

香鈴擠出僅剩的力氣，從棧橋的邊緣往海裡一躍而下。

【9月30日（星期四）下午4點11分】

斗志雄打開知事辦公室的大門，坐在椅子上的藤澤立刻站了起來。

「斗志雄，你已經出院啦？」

藤澤走向拄著拐杖的斗志雄說。

「我聽說，你還在住院不是嗎？」

「是還在住院啊。我只是跑來問問藤澤知事目前的狀況，當作是復健。」

斗志雄在皮革沙發上坐下來之後，伸手調整眼罩的位置。

「那麼，奈米女王的密碼是正確的嗎？」

「是，你說的那組密碼是正確的。託你的福，我們已經可以使用奈米女王了。至於壽命的問題，應該是可以解決了。」

「那真是太好了。我還希望能長命百歲呢。」

「長命百歲嗎……」

藤澤用乾澀的聲音喃喃自語。

「我本來打算一年後就要死了。」

「藤澤先生雖然是大人，腦筋卻很單純，人要活得快樂一點才對啊。存活下來的我們雖然殺了人，不過應該不會被判刑才對。」

「嗯。因為這次是特殊情況。再說，短期之內政府也不會來北海道。」

「喔？你是說，封鎖還要持續下去嗎？」
「雖然知道了奈米女王的密碼，不過政府還是擔心新型凱爾德病毒會擴散出去。也許等到抗體完成之後，才會解除封鎖。不過救援物資倒是源源不絕地送來了。」
「這是最安全的解決方法吧。」
斗志雄的食指，咚咚咚地敲著面前的桌子說。
「那麼，結果到底有多少人活下來？」
「正確的統計數字還沒出來，不過應該不會超過3萬人。也就是說，超過497萬以上的人，在這次的國王遊戲和CHILD的事件中犧牲了。」
「剩下不到3萬人啊。不過，至少還是有人活下來了。要是雅人輸給那由他的話，北海道的人全都得死，而且CHILD也會繼續存在。」
「是啊。雅人的死真是太遺憾了。」
藤澤神情嚴肅地說。
「因為他，北海道……不、全世界才能得救。他是真正的英雄。當然，你也是。」
「我又沒做什麼。而且，光靠我的話根本打不贏那由他。」
「雅人能夠打敗連戰鬥天才的你都沒輸的CHILD，也許是因為他有強烈的責任感吧。」
「責任感？」
「是的。雅人為了拯救大家，不惜把命豁出去。他心裡明白，要是自己輸了，全北海道的人都要受罰。正因為他有這種絕不讓事情發生的責任感，最後才會出現奇蹟。」

「的確，我是沒有這樣的責任感，我這個人只關心自己的死活而已。」
「別這麼說，你不也接下了許多危險的任務嗎？」
「那是因為我有自信自己絕不會死。而且我想，要是能當拯救北海道的英雄也不錯啊。」
斗志雄瞇起眼睛，看著天花板。
「話說回來，能夠活著真是謝天謝地，而且我住院還是免費呢。」
「那是當然的了。你放心地調養身體吧，國王遊戲已經結束了。」
「國王遊戲已經結束了？希望如此囉。」
「嗯？這句話是什麼意思？冰室香鈴的屍體已經找到了，藏匿在世界各地的再生信徒也陸陸續續遭到逮捕，奈米女王現在也在我們手中，雖然研究新型凱爾德病毒的抗體需要花點時間，不過遲早都會成功的。應該不會再有危險了吧？」
「這次是這樣沒錯。問題是，凱爾德病毒萬一發生變種呢？搞不好還是連奈米女王都無法控制的新型病毒呢。」
斗志雄冷不防把臉湊近藤澤。
「說不定，那是人類研發出來的呢。凱爾德病毒不是可以拿來當作武器嗎？我們國家裡面，應該有人會這樣想吧。」
「很遺憾，我想是有的。不只是日本，世界各國都對凱爾德病毒保持高度關注。聽說，他們還組了調查團，特地到青森進行調查。我不認為那些人的目的是想要拯救我們。」
「哈哈，都造成了這麼大的損害，大家還是不覺悟，人類真是愚不可及啊。我現在多少能了解香鈴的心情了。」

斗志雄笑著從椅子上站了起來。

「那麼……我差不多該回醫院去了。剩下的事情就交給你們大人處理了。」

「要回去了嗎……歡迎你隨時來訪啊。」

「如果我有那個閒情逸致的話。」

斗志雄拄著拐杖，走出知事辦公室。

【9月30日（星期四）傍晚5點6分】

斗志雄踏出廳政府的大樓，看到好幾輛大卡車停在官廳的空地上。幾名身穿迷彩服的男子正忙著搬運物資。

「還是有很多大人在認真工作呢。」

斗志雄一臉苦笑地走到馬路上。幾天前，這條路上還停滿了許多車子，如今都已經淨空了，連血流成河的路面都變得乾乾淨淨。

往另一個方向看去，道路對面的建築物前聚集了許多人群。民眾前面設置了一座獻花台，上面供奉著各種顏色的花束。

逐漸下山的夕陽，把獻花台上的白布染成了橘紅色。人們站在台前合掌默禱，偶爾還傳出斷斷續續的啜泣聲。

「下次，我也帶束花來吧……」

斗志雄正要經過獻花台前面時，口袋裡的智慧型手機突然響起了簡訊鈴聲。同一時間，周圍所有人的手機也全都響了。

在場的每個人表情瞬間都凝固了。大家張著嘴，不知所措。

斗志雄從口袋裡拿出智慧型手機，確認液晶螢幕畫面。

【北海道廳政府通告。飲水和糧食的配給，將在下列幾處避難所發放。札幌市中央區市立二条小學、北區市立和光小學……】

「北海道廳政府居然對所有人同時發出簡訊……」

斗志雄忍不住發牢騷的同時，附近的人群也傳出安心的嘆息聲。

「藤澤知事不會多想一下嗎！現在倖存下來的人，都有簡訊恐懼症耶！」

斗志雄帶著苦笑，把視線從智慧型手機的畫面上移開。他抬起臉，正好看到落在大樓和大樓中間的夕陽，底部還有幾道像是用畫筆畫出來的雲彩，雲的兩端微微地翹起。

看起來，就好像在嘲笑被國王遊戲玩弄於股掌之間的人類一樣。

逆思流

國王遊戲〈再生9・24〉

（原名：王様ゲーム 再生9・24）

作者／金澤伸明
譯者／許嘉祥
發行人／黃鎮隆
總編輯／洪琇菁
責任編輯／路克
企劃宣傳／邱小祐・劉宜蓉
協理／陳君平
國際版權／林孟璇・劉惠卿
美術編輯／李政儀
文字校對／許煒彤

出版／城邦文化事業股份有限公司 尖端出版
台北市中山區民生東路二段一四一號十樓
電話：（〇二）二五〇〇七六〇〇 傳真：（〇二）二五〇〇二六八三
E-mail：7novels@mail2.spp.com.tw

發行／英屬蓋曼群島商家庭傳媒股份有限公司城邦分公司
尖端出版 行銷業務部
台北市中山區民生東路二段一四一號十樓
電話：（〇二）二五〇〇－七六〇〇（代表號）
傳真：（〇二）二五〇〇－一九七九
讀者服務信箱：sandy@spp.com.tw

北部經銷／祥友圖書有限公司
電話：（〇二）八五一二－三八五一
傳真：（〇二）八五一二－四二五五

中彰投以北經銷／高見文化行銷股份有限公司
電話：〇八〇〇－〇五五－三六五
傳真：（〇四）二六六八－六二二〇

雲嘉經銷／智豐圖書股份有限公司 嘉義公司
電話：（〇五）二三三－三八五二
傳真：（〇五）二三三－三八六三

南部經銷／智豐圖書股份有限公司 高雄公司
電話：（〇七）三七三－〇〇七九
傳真：（〇七）三七三－〇〇八七

一代匯集／香港九龍旺角塘尾道六十四號龍駒企業大廈十樓B&D室
電話：（八五二）二七八三－八一〇二
傳真：（八五二）二七八二－一五二九

新馬經銷／大眾書局（新加坡）POPULAR（Singapore）
E-mail：feedback@popularworld.com
大眾書局（馬來西亞）POPULAR（Malaysia）
E-mail：popularmalaysia@popularworld.com

法律顧問／王子文律師 元禾法律事務所
台北市羅斯福路三段三十七號十五樓

二〇一四年六月一版一刷
二〇一六年八月一版三刷

■中文版■

郵購注意事項：

1. 填妥劃撥單資料：帳號：50003021戶名：英屬蓋曼群島商家庭傳媒(股)公司城邦分公司。2. 通信欄內註明訂購書名與冊數。3. 劃撥金額低於500元，請加附掛號郵資50元。如劃撥日起 10～14日，仍未收到書時，請洽劃撥組。劃撥專線TEL：(03) 312-4212 ・ FAX：(03) 322-4621。E-mail：marketing@spp.com.tw

國家圖書館出版品預行編目資料

國王遊戲 再生9.24 / 金澤伸明著；許嘉祥譯.
— 1版. — 臺北市：尖端出版，2014.6
面；公分. —（逆思流）
譯自：王様ゲーム 再生9.24
ISBN 978-957-10-5592-3（平裝）

861.57　　　　103007003